KB007337

전봇대

김장호 시집

시인의 말

전봇대,
세상의 문을 여는 코드

그렇게 생각했습니다

지난날 문명의 상징이었으며
우리 생활의 일부가 된 전봇대란 상관물을 통해서
세상을 들여다봤습니다

전봇대,
시의 허공을 떠받치는 중심 이미지로 삼았습니다
어둠이 내릴 즈음 여지없이 분꽃처럼 피어나듯이
시를 밝히고
우리 삶의 둘레를 환히 밝히고 싶었습니다

하여 송신자의 입으로 수신자의 귀로 관찰자의 눈으로
세상을 읽었습니다

2011년 초가을
김장호

차 례

● 시인의 말

제1부

시집의 무게
— 전봇대 1

전봇대 서 있는 길모퉁이 거기 가면
신문이란 신문은 똑같다

조간신문이나 석간신문, 중앙지나 지방지, 경제지나 스
포츠지, 일간지나 주간지, 유가지나 무가지, 재벌신문이나
독립신문, 보수신문이나 진보신문, 계근대에 올라간 신문
은 모두 같은 값을 쳐준다

고물상 주인은
독자도 없는 시집을 한번 훑어보더니
신문보다 값을 쬐끔 더 쳐줬다
세상의 통점을 보듬는 시라고
고개 숙이지 않고 무릎 꿇지 않는 시라고
시인의 피와 살이 담긴 종이라고

북어 肉身佛
— 전봇대 8

누가 걸어놓았을까
어시장 전봇대 디딤못에 아가리 꿰인 명태 세 마리
내장마저 모두 꺼내줬으니
곧 북어가 될 것이다

이 아침 북어 패는 소리
아내가 방망이로 마구 패대며 속 풀고 있구나
처음엔 등에 작살 맞은 물고기처럼
화들짝 놀라 깨났건만
이젠 제법 친근한 다듬이 소리로 들린다

몸매는 볼품없어도
전봇대처럼 군소리 없는 북어
흠씬 두들겨 맞아도
온몸이 갈가리 찢겨나가도
그 고통마저 肉化시켜
아침마다 맑은 肉身佛이 된다

북어 肉身佛, 그 깡마른 슬픔이
내 쓰린 속을 달랜다

물수제비뜨던 날
— 전봇대 5

그 옛날 책보 허리춤에 차고
징검돌을 징검징검 디디며 건너서 둑방 전봇대에 머리
박고 말타기하다가
냇가 미루나무 아래서 물수제비를 떴다
두 발 벌리고 있는 힘껏 둥글납작한 돌을 던지면
제비가 물 위를 스치듯
유년의 꿈이 담방담방 현풍천을 건너갔다

물안개는 시간의 냇물에 피어오르고
두루미걸음으로 징검다리 겅둥겅둥 건너면
남은 자에 대한 원망도 미움도 없이 서럽게 쫓겨난 네 생
각에 그만 첨벙, 물에 빠져버린
마르지 않는 추억이 먼저 건너온다

세상 가장 낮은 다리를 건너간 너는
여전히 전봇대에 머리 박고 말타기 하는가
폭우에 잠겼던 징검다리가
붉덩물 빠지면 다시 모습을 드러내듯이
네 생각이 자꾸만
물결을 친다

눈물자국처럼 박혀 있는 징검돌
바짓가랑이 걷어붙이고
징검다리 건너 추억 속으로 돌을 던져보지만
물결 한번 일으키지 못하고 그냥 가라앉는
물수제비

일수를 찍으며
— 전봇대 46

나의 하느님!
전봇대의 광고 전단 잘 봤습니다
없거나 급할 때 요긴한 일수대출
신용등급 9등급에 담보도 없는 내게
거룩한 은총을 내려주시어
정말 고맙습니다

나의 하느님!
비록 기압골의 영향을 받는 나날이지만
태양이 눈 감고 대지가 입 닫아
설령 길도우미가 출구를 찾아갈 수 없어도
삶을 병풍 접듯 하지 마라셨지요
수수료까지 들여 제 신용등급 올려주셨으니
정말 고맙습니다

나의 하느님!
요즘 일수사업 할 만하다지요
빌린 돈 제때 갚지 못하면
당신에 대한 믿음처럼 불어나는 이자
원금이 이자를 낳고, 이자가 이자를 낳고,

그 이자가 죽음을 낳는 마법의 일수대출
정말 고맙습니다

제 아비가 장리쌀 얻어 삶의 보릿고개 넘었듯
오늘도 무사히 일수를 찍듯
당신의 수첩에 死印을 찍습니다

이상한 버릇
― 전봇대 21

언젠가 꿈속에서 꽃 모가지 댕강 떨어져 선혈이 낭자한
동백꽃을 본 적 있다
그때부터 나는
사람의 목을 훔쳐보는 버릇이 생겼다

선생님은 내일부터 출근 안 하셔도 됩니다
죄송합니다

퇴근길에 날아든 해고통보 문자메시지
아, 꿈은 반대라던데
잘린 모가지를 딱히 둘 데 없어
지하철 선반에 고이 올려놓고 내렸다

모가지 당한 나는
형님 가게 개업식에 와서
모가지 잘리고도 빙그레 웃는 돼지머리 콧구멍에 만원
지폐 돌돌 말아 찔러주고
넙죽 세 번 큰절을 했다
그리고 마치 무슨 큰 볼일이라도 있는 듯 먼저 빠져나와
하릴 없이 뒷골목을 배회하다가

전봇대 아랫도리를 발로 툭툭 걷어차기만 했다

그때부터 나는
전봇대만 보면 무조건 발길질하고픈 버릇이 생겼다

무밥
―― 전봇대 37

소년의 새벽잠 깨우던 소리 있었다
헛간 장닭이 홰치며 자지러지게 우는 소리거나 삽짝 앞
나무전봇대 윙윙 우짖는 소리,
그 소리에 화들짝 놀라
소년의 가슴은 콩닥콩닥

그날 새벽잠 깨우던 소리는 달랐다
머리맡 어머니의 나박나박 무 썰던 소리
솜이불 틈으로 얼굴 내민 소년은 착한 강아지 어슷 썬
푸른 조각무를 입에 물려주시면,
당신의 서늘한 새벽을 아삭아삭 깨물었지

후살이하며 농사일에 장터국밥 말았던 어머니
―― 장날이다, 학교 파하면 국밥 먹으러 오거라
용돈 받는 것보다 더 신났던 말
지룩한 무밥 안 먹어서 너무 좋았다

장터 뱀 장수의 걸쭉한 육담을 구경하던 소년
낡은 긴 나무의자 끝에 봇짐처럼 앉아 어머니가 고기 몇
점 얹어 토렴해주시면,

당신의 붉은 슬픔을 후후 불며먹었지

저녁상 봐온 아내
겨울철 별식이라며 무밥을 했다
양념장에 비벼먹으니 물컹물컹 씹히는 간간한 추억

어느 전기 수리공의 비망록
― 전봇대 33

숱한 몸뚱이가 누웠던 축축한 자리
천장을 보고 똑바로 눕는다

팬티 차림의 암팡진 사내가 천천히 다가온다 발목의 번호표 벗겨내고 곧장 밀기 시작한다 가슴 때가 벌떡벌떡 일어나고 왼쪽 늑골 밑이 발갛게 아프다 전봇대 오르내리면서 참 가슴 졸인 일도 적지 않았지 사내가 뱃살을 고무지우개처럼 빡빡 밀어간다 **헛장을 치면 때가 많은 건지 부끄러운 속 때까지 마구 쏟아지네** 사타구니에 쪼그린 때도 스멀스멀 기어 나오자 사내가 급히 온수 한 바가지를 껴 얹는다 (짝! 짝! 옆으로 눕는다)

오지랖 넓어선지 팔에서도 때가 엄청 나온다 겨드랑이엔 웃음 바이러스가 서식하는 곳, 식구들 웃음 찌꺼기가 킥킥거리며 떨어진다 **한데 첫눈에 감전되었던 옛사랑의 옆구리 땟자국은 밀어도 안 지워지네** 다리가 의붓자식보다 낫다는데 사내가 다리를 밀어주니 오금 저렸던 무르팍이 조금씩 펴진다 사람은 팔자가 좋아야 한다지만 질 줄 아는 싸움도 마다 않고 코뿔소처럼 대들기도 했지 그렇지만 게임에 졌다고 투덜대지 않는다(짝! 짝! 돌아눕는다)

집 나서면 따라붙는 죽음의 그림자 인간이 가장 공포감을 느낀다는 십일 미터 높이의 고압선 전봇대 타고 오를 때 맞닥뜨리는 이만이천구백 볼트의 운명 자칫 감전되면 육신이 까맣게 타들어가는 숙명이지 **팔이 전선에 척 달라붙는 순간, 몸 안으로 불덩이가 들어오는 느낌이네** 결국 내 오른쪽 발가락 하나 안 내놓을 수 없었어 사내가 목과 어깨의 거무스레한 때를 털어내고 뭉친 근육을 살살 풀어준다 남자는 허리가 생명인데 굴신하던 등허리의 때가 고분고분 내려오고, 숨죽인 아킬레스건의 때도 재빨리 뛰어내린다 영혼의 보릿고개를 넘어온 전사戰士의 때가 개운하게 벗겨진다(짝! 짝! 끝난 모양이다)

몸에 비누칠해주며 사내가 씨익 웃었다
사장님, 때가 참 많으시네

초분草墳
― 전봇대 17

예전 할매 시집올 적에
이불보에 한 땀 한 땀 수놓았듯
전봇대가 전깃줄로 땅길 수놓으면
섬마을에도 하나둘 꿈의 창이 열렸다

이년아! 가슴을 칼로 저미는 한이 사무쳐야 소리가 나오는 법이여……*

용한 소리꾼이 되려고 당재 언덕 너머
뭍으로 떠나버린 손녀딸은
코스모스 하늘대는 돌담길 따라 진도아리랑에 너울춤 추며 돌아올 것이다

지붕 낮은 빨간 슬레이트집
할매는 볏짚으로 무청 엮어 처마 밑에 매달다 어디서 상두꾼 소리 들려오자
길가 전봇대에 오도카니 기대앉아 구경하고 있다
마치 꽃상여 탄 당신을 지긋이 눈바래기 하듯이

상두꾼들이 멍석을 깐 덕대 위에 관을 내려놓고

초분으로 이부자리해주면
할매의 시래기 같은 육신은
마실갔다 온 바람이 시나브로 피와 살만 발라 먹고
뼈는 깨끗이 씻어놓을 것이다
그것은 망자를 위한 청산도 바람마을의 식사예절이다

*영화 〈서편제〉에서 영화 속 아버지 유봉이 딸 송화에게 하는 대사.

백팔계단 연주
― 전봇대 20

피아노 교습 전단이 전봇대에 나붙었네요
참새와 비둘기와 까마귀는 허공의 악보 전깃줄에 앉아
저마다 한 곡조 뽑고요
백팔계단은 전봇대 옆 땅바닥에 엎드려 있습니다

엄마는 온음표
아들은 팔분음표
아이가 맨발로 백팔계단의 연주를 시작하네요
엄마 손 움켜쥐고 아장아장
일곱 빛깔 음계를 딛고 오르는
젓가락 행진의 연탄곡連彈曲
참새는 도돌이표 없는 악보를 쪼아대며
후렴을 깜찍하게 부르네요

**백팔계단 제1악장이 끝나고 여우비가 조율하듯이 지나
갔다**

남자는 온음표
여자는 이분음표
청년이 팔소매 걷어붙이고 백팔계단을 연주하네요

일곱 빛깔 음계를 오르면서 펼치는
질풍노도의 광상곡狂想曲
맞잡은 색시 손 놓칠 뻔하여 잠시 숨 고르면,
참새 앉았던 악보에 비둘기가 날아와서
후렴을 다정하게 부르네요

**백팔계단 제2악장이 끝나고 여우비가 또다시 조율하듯
이 지나갔다**

어미는 팔분음표
아들은 온음표
어미가 백팔계단에서 실족하여 그만
연주가 끝날 뻔했지만 용케 잘 넘겼어요
아들 손 부여잡고 일곱 빛깔 음계를 내려오는
인생무상의 변주곡變奏曲
비둘기 앉았던 악보에 까마귀가 날아와서
후렴을 쓸쓸하게 부르네요

**백팔계단 제3악장이 끝나고 여우비가 마지막 조율하듯
이 지나갔다**

거룩한 죄인
― 전봇대 26

당신은 몇 번입니까?

눈만 뜨면 순위가 매겨지고
통장잔고 확인하듯
수시로 자신의 위치를 보고해야 한다

당신은 번호공화국의 거룩한 시민
언제 어디서든 번호 번호순
구령소리 울리면
즉시 새로운 번호를 승인받아야 한다

모르면 우왕좌왕
틀리면 속수무책
잊으면 무용지물

언젠가
설움이 복받쳐 이마받이했던 길가 전봇대도
당신의 위치를 기억하고 있다

먼 훗날 묘원에 묻히면

묘비의 모양과 크기 똑같을지라도
당신의 번호는 집요하게 따라붙는다

당신은 번호공화국의 거룩한 죄인
가슴에 찍힌 수인번호가
당신 얼굴이다

나는 甲이다
— 전봇대 4

당신 중심으로 돌아가는 세상의 시계
눈 밖에 벗어나지 않으려고
전봇대가 끌고 온 새벽길 나선다

그래, 오늘은 내가 乙이지만
내일은 내가 甲이다

우리 서로 같지 않지만 다르지도 않다
절망의 늪에 빠져서
날 구세주처럼 쳐다보는 그 눈길
차마 외면할 수 없었어

여태 한번도 훼손한 적 없는 내 육신
당신에게는 새 빛이거늘
그날이 찾아오면 마침내
甲이다, 나는

그날이
빚쟁이처럼 불쑥 찾아오면
주저 없이

아낌없이
내주는
나는 甲이다

불새의 촛불
― 전봇대 52

오늘 다시금 찾아왔어요
그 옛날 낙엽을 밟으며 걸었던 길
노랑 하양 검정 리본이 만장처럼 나풀대는
덕수궁 돌담길

바보라 불리는 당신
뒤통수에 대고 더러 욕도 하였으나
흰 국화꽃 한 송이 바치러
작별의 말이 켜켜이 쌓이는 전봇대 밑에서
반나절 줄지어 차례 기다렸어요

비록 생사일여生死一如라 하지만
우리도 언젠가 떠나가야 하지만
아직 돌아갈 때 아닌 햇살도 푸른 오월인데
정말 사람다운 당신인데
이제야 당신을 오래오래 불러보았어요

자신보다 자신을 더 사랑한 당신
상처가 상처인줄 모르는 세상을 껴안고
순명殉名의 불꽃 속으로 훌쩍 뛰어내려

한 마리 불새로 훨훨 솟아올랐어요

생의 끝은 언제나 무채색
누구도 원망하지 마라
미소 띤 얼굴엔 그늘도 그림자도 없어라
당신의 참뜻을 늦게나마 챙겨보았어요

이제
저기 사람 사는 세상에 촛불 하나 켜겠어요
매번 쓰러져도 결단코 아니 눈감는 촛불
물대포로도 군홧발로도 끄지 못할
불새의 촛불

본제입납 本第入納
— 전봇대 39

병원 앞에 빨간 우체통 서 있다

등꽃 그늘에 동그마니 앉아서
기억의 서랍 속 편지를 다시 꺼내본다
홀연히 떠나갔지만 떠나지 않은 사랑이여
망설이다가 부치지 못한 편지는 얼마며
당신 둘레 맴돌기만 하던 밤은 얼마였나

당신은 오늘도 핏기 없는 내 안색을 살핀다
삭정이 다리 만져주며 좋아졌다지만
눈치 빠른 나는 안다
보행신호는 곧 점멸신호로 바뀌리라
내일의 해는 어쩜 뜨지 않을지도 몰라

전봇대 따라 내가 끌고 온 에움길
언제 굵어보거나 빛나본 적 있긴 있었던가

만약 생의 태엽을 되감을 수 있다면,
딱 이레의 시간만 허용된다면,
처음 이틀은 아침 햇살로 온몸 흔들며 웃으리

그 다음 사흘은 정오의 햇살로 철저히 사랑하리
남은 이틀은 모두 용서하는 한 폭의 저녁놀 되리

늦은 밤 병상에 엎디어
늙은 각자공刻字工이 비문 글자 새기듯
흐린 눈 비벼가며 써내려간 편지
고이 염하고 입관한 뒤
우체통 속에 가만가만히 내려놓으면
툭, 이생을 떠나가는 소리

병원 앞 빨간 우체통
응급실처럼 문 닫지 않아 참 고맙구나
너는 누군가와 함께
오길비와 프로스트와 비둘기를 뜨겁게 사랑한 어느 노
마드 시인의 생애를 추억할 것이다

그 한 마디 말
— 전봇대 31

1

중학생 아들에게 용돈 줄 때마다
봉투에 넣어주는 쪽지 글
"이 아비는 너를 믿는다"
그때가 언제던가
전봇대처럼 꼬장꼬장하신 아버지
하나 자식 인간 되는 것 보지 못했다며
외양간 치고 두엄 내던 손으로
내 종아리 매질하셨던 당신의 간절한 기도문
막걸리 냄새나던 당신의 모국어
아비의 아비의 아비가 자동이체한
세상과 맞서게 만든 금쪽같은 말
훗날 아들의 등 뒤에서 힘이 될 그 한 마디 말

2

출근길 양복바지 주머니에 든
중학생 아들의 쪽지 글
"아버지, 사랑해요!"
아무리 봐도 질리지 않는 응원가
지갑 속 복권보다 더 힘나는 말

양손에 전깃줄 부여잡은 전봇대처럼
한평생 참고 견뎌내시던 농사꾼 아버지께
한 번도 해본 적 없는 입가에 맴돌기만 했던 말
내 일기장에서만 존재했던 말
울리지 않는 좋은 종이 아니듯
후회는 매번 막차를 타고 오는 것인가
아아, 끝끝내 억울하게 하지 못한 그 한 마디 말

3
늦은 밤
아파트 현관문을 연신 들락거리다가
중학생 아들에게 문 열어주며
내색 않고 꺼내는 아내의 첫마디
"밥은 먹었니?"
아들은 피자 먹었다며 제 방으로 들어간다
그때도 그랬지
황새목으로 대문 밖을 내다보시다가
전봇대 외등 아래 서성이던 아들에게
아버지 몰래 대문 따주셨던
내 어머니의 인사법

시외전화 할 때마다 꺼내시던 첫마디
김치찌개 냄새나던 당신의 모국어
아랫목 이불 밑 밥그릇 같은 그 한 마디 말

4
저녁 밥상머리
잘 익은 굴비가 상에 올랐다
아내가 아들 밥그릇에 굴비살 얹어주며
"엄마는 생선대가리가 더 좋아"
그 옛날 제비새끼처럼 입 쫙 벌린
어린것 밥숟가락에 갈치살 얹어주던
내 어머니의 사랑법
교과서에 어두일미란 말도 나오니
어머닌 정말 그런 줄 알았다
그런데 그게 아니었다
언젠가 외할아버지 칠순잔치에서
생선대가리는 거들떠보지도 않고
생선살만 마구 드시는 걸 처음 보았다
엄마의 엄마의 엄마가 그랬듯이
당신의 생살이라도 발라주고픈 그 한 마디 말

제2부

뒷문
― 전봇대 2

뒷문이 있다는 게 얼마나 다행인가

눈부신 아침은 앞문으로 찾아오지만
저녁은 호젓한 뒷문으로 걸음하잖는가
새들이 둥지로 돌아간 뒷문 밖
개밥바라기가 푸른 얼굴 내밀면
전봇대 외등은 여지없이 분꽃처럼 피어나고
외로운 고양이는 몰래 뒷문을 빠져나간다

앞문과 뒷문은 형제지간
다툼도 있지만 함께 세상의 문이 된다
자식의 합격을 빌며 학교 앞문에서
두 손 모아 기도하던 어머니,
아버지의 야단맞고 집 밖으로 쫓겨나
전봇대 밑에 웅크린 자식의 눈물에게
뒷문의 빗장을 살그래 열어놓는다

누군들 세상의 앞문이고 싶지 않으랴
하지만 기회는 가끔 뒷문으로 찾아온다
노선버스처럼 한꺼번에 두 대가 줄지어

올 때가 있다, 매의 눈을 가진 자만 알지
다들 앞문으로 밀려들거나 빠져나가려 할 때
그는 소리 없이 뒷문으로 드나든다

뒷문을 빠트린 세상의 설계도는 없다
궁지에 몰리면 두드리는 그곳
막幕 내리면 찾아가는 그곳
앞문으로 드나드는 당신 또한
등 쪽에 뒷문 하나 만들고 산다
뒷문이 있다는 게 얼마나 다행인가

知天命
― 전봇대 19

그날 오후 배낭을 메고 낯선 마을에 내렸다
광장 한가운데 전봇대가 당산목처럼 서 있는 두꺼운 책
표지의 마을 풍경 속으로
반환점을 돈 마라톤 선수처럼 다시금 발걸음 옮겼다

안경 고쳐 쓰고 책장을 넘기다 보면 갈피갈피 낯선 풍경
이 팔짱을 낀 채 쳐다보았고
수요일의 술집은 굳게 입 다물고 있었다
다양한 소품들이 차곡차곡 쌓여가는
전봇대 마을의 굳은 표정들
활자가 된 행인들은 마을의 행간을 만들며 지나갔다

한길 벗어나자 숨차게 따라붙는 갈림길
기억의 손가락이 길에 박힌 낯익은 낱말을 짚어가며 다
가올 문맥의 의미를 읽어냈다

천명을 앞세워 더러 차선위반에 앞지르기도 했지만
훗날 이 마을에는
밑줄 칠 만한 문장 한 줄쯤 남겨놓으리
양손에 전깃줄 부여잡은 전봇대가 나직이 어깨춤을 춘다

山을 들다
― 전봇대 13

전봇대 밑에 녹슨 역기가 버려져 있다
한때는 누군가의 山이 되어
매일 조금씩 무게를 늘려나갔을 역기에
안간힘의 땀이 배어 있다
산을 본뜬 상형문자 山
다시 보면 역기를 든 본새
허리 곧추세우고 바벨을 들어 올리던
기합소리 들려온다
때론 주저앉기도 했으리라
이 악물고 일어서서
머리 위로 바벨을 치켜들었건만
그만 중심을 잃어버려 절망도 했으리라
力士의 가쁜 숨결이 느껴진다
내 언제 무르팍 꺾여가며
바벨을 움켜쥔 적 있긴 있었던가
임계점을 넘어서지 못하고
포기해버린 山은 그 얼마였나
전봇대 밑에 버려진 역기를 조심스레 들어본다
벌써 일어서는 법을 깨친 것인가
山이 들린다

적토마 폐차장에 가다
— 전봇대 6

존재하는 것은 이름이 있다
구릿빛 얼굴에 떡 벌어진 어깨
갈기 세우고 바람 가르던, 나는 적토마
헛군데 한눈팔다 전봇대에 부딪혀
코가 삐뚤어진 적도 있었지만

존재하는 것은 소리가 있다
나의 말굽소리 지축을 울렸으나
이젠 힘에 부친다, 잦은 차선변경으로
길은 자꾸만 가장자리로 밀려나고
아무리 박차를 가해도
엔진은 질주의 욕망을 불태우지 않는다

식음 전폐한 나의 생을 압류하러온
폐차장 견인차는 저승사자
한때 날개달린 天馬를 꿈꾸기도 했건만
그예 말안장 내려놓았고, 나는
노쇠한 울음소리 내며 질질 끌려간다

폐차장을 열심히 뒤지는 당신에게

쓸 만한 장기臟器를 떼 주고서, 나는
가차 없이 빨갛게 해체돼버리면
적토마는 자유를 찾아 냅다 달려 나간다

갑자기 회오리바람 일어나고
전봇대에 올라간 폐차말소 안내문이
나의 이름을 소리쳐 부르고 있다

내 삶의 승부차기
— 전봇대 55

어느 날 동네에 없던 길이 생겨나더니
골포스트는 전봇대,
크로스바는 전깃줄로 만든
축구 골대가 길 양쪽에 세워졌다

길은 항상 문을 만든다
문은 항상 길을 만든다

아침이 코브라처럼 대가리 치켜들고 찾아와
골대 앞에 축구공을 갖다 놓는다

내 머릿속엔 길이라는 키커가 산다
실축하면 인생의 무게가 천근만근
공이 골대에 맞는 불운도 더러 있지만
망설임은 단칼에 베어버리고
행복을 꼭 차 넣어야 하는 내 삶의 키커

내 가슴속엔 문이라는 골키퍼가 산다
절대적으로 불리한 싸움
키커와 눈싸움에서 지면 안 된다

골대가 골을 막아주는 행운도 없지 않으나
불행을 꼭 막아야 하는 내 삶의 골키퍼

머리에서 가슴까지 머나먼 여정
어제는 키커로 신의 발이 되었고
오늘은 골키퍼로 신의 손이 되었다

내일은 아직 장담할 수 없는
내 삶의 승부차기

잠만 잘 뿐!
— 전봇대 32

한겨울 냉천동 버스정류소
전봇대 장딴지에 검정 매직펜으로 갈겨놓은
맨살의 언어

벙거지모자에 걸망을 멘 사내가
말의 뼈다귀 물고 슬금슬금 따라간다

잠만 잘 분?
잠만 잘 뿐!

이곳이 잠의 집이에요
맘에 맞는 관棺을 골라보세요
냉골이지만 뜨신 꿈은 꿀 수 있어요

지금은 생의 빙하기
모처럼 찾아드는 한 평짜리 관
사내가 걸망을 방바닥에 내려놓으니
마구 쑤셔 넣었던 한뎃잠, 토끼잠, 등걸잠, 괭이잠, 개잠,
갈치잠, 발칫잠이 기어 나온다

밤하늘 떠돌이별처럼
고꾸라진 채 곤하게 통잠을 자고 싶어도
추위 타는 잠이 자꾸 달아나기만 하여
아이 어르듯 잠의 등을 토닥여준다

어서 잠들어야지, 그래야
이 세상 관 속에 웅크린 영혼들을 덥히러
아침이 올 수 있는 거다
성에 낀 어둠의 빗장을 열고
발 닿지 않는 바닥까지 찾아올 수 있는 거다

호두 두 알
― 전봇대 36

손에 움켜쥐고 굴리면
와락 껴안고 살 부비는 소리

아내의 이갈이에 새벽잠 달아나고, 남으로 향하는 완행
열차 바퀴 소리 애절한 창법으로 굴러가고, 어린것은 초롱
초롱한 눈빛으로 날 보며 캐드득 웃어주고, 양은냄비의 허
기진 소리 달그락대고, 옆집 장씨의 구둣발 소리 내 가슴
지르밟고 지나가고

호주머니 속에 넣고 다니는 호두 두 알
부럼 깨물 듯 깨부수고 싶지만
오늘처럼 내 발이 갈 길 몰라 난감해 할 때
손에 움켜쥐고 굴려본다

전봇대의 구인 전단지가 손짓하듯
전봇대 발등의 민들레꽃이 노랗게 웃듯
전봇대에 기대앉은 할머니가 봄나물 다듬듯

손때 묻은 내 희망 두 알
와락 껴안고 살 부비는 소리

복음 전봇대
― 전봇대 48

서민교회 앞에 길눈 밝은 복음 전봇대 서 있다

그는 서민교회의 산타
집집마다 골고루 불씨 나눠주면 교회도 환하게 불을 켰
고, 광케이블선이 세상 소식을 재빨리 알려주면
목사님도 편지함을 열어보았다

그는 서민교회의 전도사
구원의 말씀을 수시로 쏟아낸다
그제는 부업 희소식, 어제는 수능 고득점 전략, 오늘은
개인회생 지원책 전단들이 나붙었다

그는 서민교회의 파수꾼
한밤에도 잠들지 않고 깨어 있다
밤바다의 등댓불처럼 어둔 밤길 밝혀주면
헛군데 정신이 팔려 쏘다니던 마음들이 외등의 불빛 따
라 회개하듯 돌아왔다

언젠가 쓸모 다하면 어디로 쫓겨나겠지만
오늘도 어깨에 전깃줄 짊어지고 예수처럼 서 있다

11월의 이사
― 전봇대 44

1
봄날 오거리 전봇대에
따개비처럼 들러붙은 사글셋방 쪽지들
숱한 생이 거쳤을 방, 방, 방

방의 유랑은 끝나지 않는가
더 넓은 방 얻고자 발버둥 쳐왔던
생의 뒤안길

용달차 짐칸에 쪼그리고 앉아 멀미하며
한강다리 건너 수없이 옮겨 다녔던
생의 사글셋방

때 되면 철새같이
그 둥우리 비워주고 나가야 한다
더러 중도에 계약해지 통보받아
쫓겨나기도 하지만

오늘, 사람이 고팠던 어느 빈방 얻어서
내 마음을 먼저 세 들어 본다

2

가을날 오거리 전봇대에
이파리처럼 매달린 이삿짐센터 쪽지들

벌써 사글셋방 빼줄 때인가!
까치 우짖는 뒤꼍엔 감이 붉게 익어가고
샛노란 은행잎은 이별의식을 치르고 있다

바람의 손잡고 펼치는 은행잎의 춤사위
얼마나 황홀한 석양의 탱고인가
그분이 손 내밀면 저같이 춤추리라
11월의 눈동자처럼
조금은 섭섭하게 뒤돌아보기도 하면서

꾸려갈 세간도
손때 묻은 미련도 별로 없으니
이삿짐 사다리차 부를 필요 없으리라

누가 방 보러 오는지
갑자기 방문 앞이 수런거리고 누렁이가 짖어댄다

통점 痛點
― 전봇대 29

저녁 무렵 화물차가 길가 전봇대를 들이받아
온 동네가 한참 정전이 되었지

발길질은 하도 당해서 덤덤하지만
전봇대의 통점을 그렇게 사정없이 들이받으면
기함을 치며 까무룩 정신줄 놓기도 하지

한번은 그 전봇대 밑을 지날 때
엔진소리를 들은 적 있어
처음엔 몰랐어, 전봇대의 울음소린 줄
그저 이따금 찾아오는 공장 기계소음 때문에 생긴
나의 귀울음이거니 했지

피사의 사탑처럼 한쪽 어깨 기울진 전봇대
한자리에 붙박여 칠흑의 세월 밝히느라
어디 성한 데 없겠지
통점을 보듬고 해금처럼 울부짖고 싶었겠지
순간이동이라도 하고팠겠지

노상 발등 찍히는 전봇대의 삶이지만

먼저 등 돌리거나 믿음을 저버린 적 없어
설령 허벅지에 가래톳이 서도
세상의 통점 어루만져줄 기둥이라 생각하면
시달릴 힘이 생겨나지
버터낼 힘이 솟아나지

전봇대나무
— 전봇대 9

　고향 마을에 뿌리 깊은 토박이 등나무가 있다네 봄이면 등꽃 그늘을 만들어주곤 했는데 사람들이 전봇대 공사하면서 나무 몸통을 모질게 잘라버렸어 등나무는 흔적 없이 사라져버렸고 댓 발자국 떨어진 곳에 콘크리트 전봇대가 세워졌는기라

　등나무는 죽었지만 죽지 않았다네 마음의 뿌리는 내주지 않았거든 아픈 기억을 쓰다듬던 등나무 뿌리는 이대로 주저앉을 수 없다고 생각하였어 바닥의 바닥까지 떨어졌으니 무서울 게 없었고 독기를 품으니 생의 욕망이 솟구쳤어 길은 보이지 않았지만 몸을 다시 일으켜 세우기로 결심했지 그러나 함부로 기어나갔다간 또 언제 손발이 잘려나갈지 알 수 없었어 우선 감싸고 올라갈 기둥을 찾아보기로 했어 집안을 다시 일으켜 세우려 지하 막장에서 탄을 캤던 백부처럼 뿌리는 낮은 포복으로 땅속을 기어 다녔는기라 예민한 촉수로 밤낮 찾아 헤맨 끝에 콘크리트 전봇대에 닿을 수 있었어 자기 때문에 베어진 그 등나무의 뿌리를 보고 전봇대는 놀란 입을 다물지 못했는기라

　물론 전봇대와 등나무는 갈등이 없었다네 전봇대는 원

래 속을 비우고 살잖아 기꺼이 등나무와 동거하기로 맘먹었어 한 뼘 크기의 전봇대 속길을 통해 등나무는 세상을 내다볼 수 있었어 마침내 인간들이 눈치 못 챌 안전한 출구를 찾아낸기라 눈앞이 깜깜하고 한없이 두렵기도 했지만 이따금 햇빛이 찾아들고 빗물이 스며들고 별빛이 내려왔지 등나무는 덩굴손을 뻗어 전봇대의 동그란 안벽을 타고 스파이더맨처럼 올라가기 시작했어 팔다리의 살점이 떨어지고 뼈마디 부서지는 고통을 누가 알겠니 하지만 등나무 뿌리는 펌프질을 멈추지 않았어 그럼, 지금도 전봇대 안벽에 등나무 덩굴손의 푸른 핏자국이 화인처럼 남아 있는기라

어느 봄날, 마을에 기적 같은 일이 일어났다네 전봇대 머리에 푸른 나뭇잎이 돋아난 것이야 마치 전봇대가 마술을 부리는 듯했어 등나무가 칠 미터 높이의 아득한 전봇대 속길을 기어올라 그예 허공에 손을 뻗었던 거야 사람들은 저마다 감탄사를 쏟아내기에 바빴어 지금도 봄 되면 등나무는 서로 부둥켜안고 향기 은은한 자색 꽃에 무성한 잎을 활짝 펼친다네 완강한 겨울과 맞섰던 등나무는 뿌리의 힘을 증언하고 있는 것이지 전봇대 꽃병에 뿌리내린 등나무를 마을 사람들은 전봇대나무라 이름 지었는기라

압축파일을 풀다
― 전봇대 14

주말이면 공터 전봇대 아래로
용달차 몰고 찾아오는 사내가 있다

야구모자 눌러쓴 오척단구의 탄 얼굴
담배 꼬나물고 눈썹 찌푸리며
파일을 달구기 시작한다

빈 쌀독 같은 세상
한 됫박의 강냉이를 여덟 배로 불릴
기적의 압축파일

이윽고 사내가 압축파일을 풀려고
시커먼 장구통에 쇠꼬챙이를 끼워 앞으로 당기면
다들 귀 막고 목을 웅크린다

"뻥이요~"

흥부네 박 터지듯
뿌연 김이 솟구치며 튀밥이 우르르 쏟아져 나오고
구수한 냄새가 이내 골목길 점령해버린다

오병이어五餠二魚*의 기적을 보였던
예수의 압축파일이 따로 없다

간장 종지만한 삶의 부피 커지는가
어느새 파일을 든 사람들이 쏙쏙 모여들고

전봇대에 기대 구경하던 나는
새벽 어시장에서 받은 품삯을 만지작거린다

* 오병이어五餠二魚 : 보리떡 5개와 물고기 2마리로 5천명을 먹이고 12광주
리 남았다는 예수의 기적.

개미씨의 블랙먼데이

― 전봇대 51

　말도 마세요, 월요일의 악몽을 생각만 해도 치가 떨려요
그러니까 지난여름 베짱이가 개미마을을 찾아왔습니다 그
동안 바이올린 연주하면서 돈을 꽤 벌었다나요 실은 음흉
한 속셈이 있었던 거예요 우리는 개미둑을 열심히 쌓느라
전혀 눈치를 못 챘다오 그러다 보니 베짱이의 치밀한 작전
에 그만 걸려들었지요

　아시잖아요, 싸고 푸짐한 먹잇감이라면 어디든 바글바
글 몰려가 탐닉하는 우리 습성을 선행학습했건만 이번에
도 소문을 믿고 감을 믿고 그 무지개 미끼를 덥석 물었습니
다 다들 대박을 꿈꾸며 모아놓은 재산을 몽땅 쏟아 부었어
요 시장에서는 몰빵이라 하더군요 헌데 이게 웬 날벼락인
가요 모두들 배를 움켜쥐고 고통스러워했습니다 그것은
베짱이가 독 발라놓은 작전주였다오 값은 요동치며 폭락
했어요 한순간에 반 토막 나버려 쪽박주가 돼버렸다오 대
박 신기루 좇다 그만 개미지옥에 빠져버렸던 거예요 새파
랗게 질려버린 우리는 비명 한번 못 질렀지요

　개미들은 황급히 마을 전봇대 아래서 대책을 논의했습
니다 달리 뾰족한 수가 없어 다들 한숨만 푹푹 내쉬었지요

몸을 잔뜩 웅크린 채 버텨봤지만 반등의 기미는 전혀 보이지 않았습니다 날씨는 점점 추워지고 먹을 양식은 바닥났지요 궁리 끝에 언덕 너머 베짱이 집을 찾아갔다오 고래등 집에서 흥겹게 노래 부르던 그놈은 서너 됫박의 보리쌀을 자루에 담아주며 생색을 내더군요 참 신세 처량했지만 발길을 돌릴밖에 결국 막대한 손실을 감수하고 그 작전주를 겸 값에 내다팔았지요

　우리는 깨닫지 못했습니다, 이 모든 게 베짱이의 간교한 술책인 것을 뒤에서 그놈이 종목을 조작하고 시세 조정한 걸 알 턱이 없었거든요 애당초 비둘기의 충고를 듣지 않았던 우리는 가슴을 치며 피눈물을 흘렸습니다 당시 손절매 안 하고 고집부리다 쪽박 찬 개미들이 수두룩했어요 전봇대에 목매달았던 개미도 있었다오 우리는 다짐했습니다 개미둑을 다시 쌓으려면 개미허리 더더욱 졸라매자고 이제 개미가 왜 개미인지 아시겠지요

별과 길과 밥
— 전봇대 40

사랑하는 이여,
저기 전봇대가 꿈꾸는 별을 보아라
별은 간절한 소망이고, 소망은 간절한 별이거늘
세상에 빛나지 못할 별이란 없다
내남없이 우리는 하나의 별이다

사랑하는 이여,
저기 전봇대가 꿈꾸는 길을 보아라
길은 새로운 믿음이고, 믿음은 새로운 길이거늘
세상에 가지 못할 길이란 없다
내남없이 우리는 하나의 길이다

사랑하는 이여,
저기 전봇대가 꿈꾸는 밥을 보아라
밥은 뜨신 사랑이고, 사랑은 뜨신 밥이거늘
세상에 나누지 못할 밥이란 없다
내남없이 우리는 한 그릇의 밥이다

사랑하는 이여,
나날이 새날 아닌 날 있더냐

새아침 풋기운으로
우리 한번 별과 길과 밥이 될 일이다

그 양반
— 전봇대 12

　평생 들판 한 조각 품고 날마다 이슬떨이로 살던 양반이, 소잔등처럼 마냥 정직하기만 하던 양반이, 미군 탱크가 마을 옆을 지나가자 작대기 들고 기관총처럼 쏘아대던 양반이, 일꾼 품삯도 안 나오는 마늘밭 갈아엎기도 하던 양반이, 구제역에 힘 한번 못쓰고 구릅의 누렁소와 송아지를 가슴에 파묻던 양반이, 뒤란에서 혼자 먼 산 바라보며 뻐꾹뻐꾹 울던 양반이, 농사꾼은 죽으면 등짝부터 썩을 거라며 논두렁 전봇대처럼 지게만 지던 양반이, 담배 한 개비에 농자금 학자금 걱정을 날려 보내던 양반이, 문드러진 손톱 발톱에 언제나 두엄 냄새나던 양반이, 저기 당산나무 그늘 아래서 잠깐만 쉬어가자던 양반이,

　오늘은 북망산자락에 앉아 소처럼 웃고 있습니다 그려

　시외버스 터미널처럼 노상 북적이는 그곳, 관보다 곡소리가 먼저 타들어갑니다 그려 육탈의 순서에도 웃돈 오가는 또 다른 세상 팔자주름 펴고 검버섯 뺀 영정사진 그 양반이, 그날의 끝 차례 기다리며 그늘의 평수만큼 희미하게 웃고만 계십니다 그려

제3부

빈자일등貧者一燈
— 전봇대 3

남산에서 내려다본 휘황한 꽃밭
밤마다 서로 자리다툼 치열하지만
피고 지고 피는 사바세상
장엄한 꽃밭

그 꽃밭 속에서
부표처럼 떠 있는 골목길 전봇대 외등
지어미가 한 땀 한 땀 수놓은 빈자의 등
밤새 꺼지지 않는 작은 등

어둠 속 길이 되는 전봇대 외등
밤새 끊어질 듯 이어지는
연등 꽃길

그 조부장한 꽃길 따라서
만 리 밖에서 휘적휘적 걸어오는
어느 지아비의 귀로

할매 인절미
—전봇대 34

인절미 한 덩이 사러 가끔 시장통 떡집에 간다. 하고 많은 떡 가운데 애써 치는 떡만 고집하는 전통 할매 떡집. 새벽녘 전봇대 외등 밑에서 아들은 시루에 갓 쪄낸 떡밥을 절구통에 넣어 참나무 떡메로 쳐대고, 며느리는 물 뿌려 뒤집어가며 쫄깃한 인절미 만드는 욕쟁이 할매 떡집

어느 봄날이던가. 소문 듣고 찾아갔더니 욕쟁이 할매는 기다렸다는 듯 젖은 손을 앞치마에 쓱쓱 닦는다. 함지에서 떡을 칼로 뚝 떼어 덤까지 얹어 내 턱 앞에 불쑥 디밀었다. 이어 구수하게 떡메질한 욕이 고물로 따라 나온다. 이눔아, 속병엔 인절미가 최고여! 미련 곰탱이처럼 마구 처먹으면 사레들어! 쬐꼼씩 꼭꼭 씹어 먹어! 좋아질 겨

오지게 느껴지는 인절미의 무게. 옆에 저울 있지만 한번도 달아서 파는 걸 보지 못했다. 일 년쯤 욕 떼먹다 보니 속병이 좋아지는 할매 인절미. 밤 이슥토록 가시지 않는 뽀얀 찰기. 그렇다, 세상이 변해도 사람살이의 정이란 찰지고 오지고 구수한 것. 저울질하잖아도 알 수 있는 인절미 같은 것

묵언수행
― 전봇대 30

침묵은 안개
얼굴 없는 헛바닥 날름거리며
의심처럼 번져나가서
언제 어디서나 소리의 몸통 옭아매고

침묵은 순간접착제
소리의 발자국 감지되면
이 세상 끝까지 악착같이 뒤쫓아 가서
소리의 입 기어이 꽈악 봉해버리고

침묵은 독재자
눈 밖에 나면 황천길
소리의 미세한 몸짓도 절대 용납 못하고
소리의 눈 주저 없이 뽑아버리고

침묵은 불가사리
숨죽였다 득달같이 달려가
소리의 숨통 쇠 이빨로 단박에 끊어놓고
소리의 뼈까지 아작아작 씹어 먹고

침묵은 금

오늘도 침묵의 허리 곧추세우고

눈빛의 언어로 묵언수행하는

직립의 전봇대

팔도 소나무 경연대회
― 전봇대 35

　서울의 둥지 남산, 한강 굽어보는 양지바른 산자락에서
팔도 소나무 경연대회가 열리고 있네 믿음직한 고집쟁이
경상도 춘양목, 딱히 모난데 없는 충청도 소나무, 우아한
여인네 경기도 미인송, 사리 밝은 깍쟁이 서울 소나무, 의
기양양한 강원도 금강송, 영리하며 사교적인 전라도 소나
무, 소박하되 야무진 제주도 소나무, 억척 살림꾼 울산 소
나무, 고고한 자태의 속리산 정이품송 장자목…

　다들 제 고장을 대표하는 명품 소나무들이야 워낙 잘났
다보니 선뜻 가까이하기에 저어했다지 이웃과 더불어 도
란도란 잘 지내지 못했다지 사실 처음 이사 와서는 먼저 발
돋움하려고 뾰족한 기 싸움 치열했거든 더러는 영양주사
맞기도 했지 한동안 서로 등 돌리고 살 정도로 찬바람만 쌩
쌩 불었어 사람들은 팔도 소나무가 부디 서로 화목하게 잘
살라고 산책로에 정성껏 돌탑을 쌓았네

　그새 십여 년이 훌쩍 지나갔어 비바람 눈보라의 매를 모
질게 맞은 팔도 소나무 제 아무리 잘났어도 혼자서는 숲이
될 수 없다는 걸 비로소 깨달았어 팔도 전봇대가 서로 손잡
고 세상의 어둠을 밝히듯, 팔도 소나무는 그제사 마음 둥글

게 손에 손잡고 어깨동무하였어 손이 아파도 잡은 손 아니 놓았고, 팔이 아파도 어깨동무한 팔 아니 풀었지 솔바람 불면 다 같이 한판 춤사위를 펼쳐보였어 새가 지저귀고 다람쥐와 청설모도 재롱을 부렸어 사람들은 친근한 고향의 숲을 보았고 솔잎 향에서 고향의 냄새를 맡았지 그렇다네 아예 안한다면 몰라도 도원결의하려면 저렇게 하는 것이네

이제 팔도 소나무 숲길의 황톳빛 주름이 조금씩 펴지고 길섶엔 야생화가 막무가내로 피어나고 있네

감나무 입양
― 전봇대 23

1

바람 고요한데
풋감이 지상에 떨어지는 까닭은
만유인력 탓이에요, 꼭 그 탓만 아닌 게
감꽃이 지나치게 많이 맺히면 감나무는
어린 열매를 버리지요, 젖 보채는
감또개의 애절한 눈망울 못 본 척
헛기침만 했지요
푸른 젖살 통통히 오르기 전에
이름 없이 세상 밖으로 버림받았지만
열매는 뿌리 가까이 떨어지려 하지요

2

감꽃 흐드러지게 핀 샐녘
엄마는 옹알이하는 아기 젖 물린 뒤
감나무 밑동에 남몰래 갖다버렸어요
그날따라 까치는 우짖지 않고
뒷산 소쩍새만 유난히 구슬피 울었다지요
모퉁이 전봇대 붙잡고 몸부림쳤던 여인의
발자국은 여태 화석으로 남아 있어요

울면서 바다 건너 입양 간 청년 그새
강산이 두 번 바뀐 고국 땅을 밟았지요
모국어의 자음 모음 더듬어보다가
감나무 우듬지의 까치밥처럼
生母의 소식이 궁금했던 게지요
뽀얀 젖살 오르기 전에 버림받았지만
한번쯤 투정 부리고 어리광 피우고파
열매는 뿌리 가까이 다가가려 하지요

할머니를 찾습니다
— 전봇대 49

봄날 삼거리 전봇대에 나붙은
할머니 찾는 흑백 전단지의 무심한 표정
폐지 주워 손녀 용돈 주던 칠십대 할멈
허리 꼬부장한 밤색 몸빼 차림에 휑한 눈,
옴팍 패인 그믐달 볼, 영락없는
내 어머니의 초상화
노인정에 간다고 나간 뒤 안 돌아오시니
찾아주면 후사하겠다고

그날 오후 할머니 전단지 옆에
고양이 찾는 원색 전단지의 깜찍한 표정
샐리, 라 부르면 알아듣는다는
흰털 검은 털 섞인 노르웨이産 얼룩 고양이
가끔 앙칼지게 대들기도 한다고
찾아만 주면 절대 묻지도 따지지도 않고
오십만 원을 사례하겠다고

이튿날 출근 길
누가 떼버렸는지 할머니 전단지 안 보인다
남 보기에 부끄러워서인가

금방이라도 대들듯한 고양이 때문인가
영영 돌아오지 않는 할미꽃인가
아니다, 그건 결단코 아니다
밤새 찾아 헤매던 자식들이 고이 모셔갔다고

봄꽃처럼 참 고마운 콘크리트 전봇대
때때로 몹쓸 짓 주선도 하여
종아리 매질하고픈 때 없지 않았지만
오늘은 킷값을 하며 느낌표로 서있다

속쓰림에 대하여
— 전봇대 42

속쓰림에 잠 깼군요
당신이 죄다 먹어치운 어제 하루는
무엇을 위해 술잔 부딪쳤나요
잘난 사람 욕도 많이 했으니
가슴에 맺힌 응어리 좀 풀렸나요

한데 느닷없이 찾아오는 불청객
그 참을 수 없는 속쓰림의 정체는 무엇인가요

의사는 괜찮다는데 자꾸 속 쓰리다면
기능성 위장장애일 거예요
빈속을 잘 다스려야 하는 속쓰림, 우선
한 잔의 맑은 물로 가라앉혀보세요
물맛을 알게 되면 속쓰림의 도사 된답니다

참, 어젯밤 그 전봇대 기억나는지요?
흰 바탕에 붓글씨 시 한 편
월하독작月下獨酌하던 어느 시인의 주먹시
볼일 보면서 읽어봤나요
그냥 太公처럼 오줌만 내갈겼다고요

늘 속쓰림 달고 사는 당신
누가 있어 새벽잠을 깨우겠어요
속쓰림은 욕망의 풍향계
이제 그만 욕망의 풍차를 멈추지 않을 건가요
패배를 인정하지 않을 건가요
밴댕이 소갈머리 마음 바꾸지 않을 건가요

세탁합니다
― 전봇대 22

전봇대에 세탁소 개업 안내문이 붙었다
말씀교회 옆 족발집이 없어지고
세탁소가 새로 생긴 것이다

박씨는 아침마다
솔벤트 냄새 풀풀 풍기며 드라이클리닝한다
그는 익숙한 솜씨로 옷을 다린다
하얀 스팀 뿜는 전기다리미로
옷의 주름을 뜨겁게 제압하면 새 돈처럼
옷의 자존심이 살아난다

목사님도 이따금 세탁소에 간다
신자들이 때 묻은 마음을 자신한테 맡기듯
세상의 얼룩 묻은 양복을 박씨한테 맡긴다
그는 정성껏 손질하여
목사님의 자존심을 빳빳이 세워준다

오늘은 일요일
박씨는 말씀교회에 가서 예배하려고
머리 감고 손수 다림질한 옷을 차려입는다

반평생 세탁소를 하지만 지금껏
자신을 제대로 세탁도 다림질도 못한 박씨
세상의 주름이란 뜨거워야 펴지는 것
목사님은 성령으로 드라이클리닝한 뒤
말씀으로 그의 마음을 뜨겁게 다림질해준다

열쇠 복사
— 전봇대 38

화성인의 나라
한 사내가 길가 전봇대에 기대앉아
세상 온갖 열쇠를 즉석에서 복사해준다

잃어버린 비밀의 열쇠 얼마던가
한발 늦어 끝끝내 열지 못한 문 얼마던가
허리춤에 찬 열쇠를 만져보다가
보조 열쇠 하나 만든다

화성인의 열쇠
때때로 족쇄가 되는 열쇠
사내가 야무지게 똑같이 만들어주지만
열쇠에 온기 있을 리 없다

화성인 남자와 달리
마음이 먼저 반응하는 금성인 여자
그 꽉 다문 이중빗장을 여는 열쇠,
설령 열쇠 돌리는 방향을 알아도
사내는 복사에 결코 성공할 수 없다

매일 보따리 싸고 푸는 금성인 여자
그 마음에 채워진 자물쇠 어제 오늘 다르다
틈 벌어지거나 금 간 문짝에도
잘 열리는 만능열쇠,
당신의 붉은 심장으로 복사하지 않으면 안 된다

나에게 나를 묻다
— 전봇대 28

노랗게 물든 은행나무길
전봇대가 참선수행 전단을 붙들고
제 옹이진 삶을 가만히 들여다보네요

내 안의 나를 꼭 한번 만나보고 싶어
예전에 마음자리 찾아 길 나섰어나
매번 언저리를 맴돌아 죽비만 맞았어

문득 만나보고 싶은 내 안의 나
향기론 유전자를 지녔다지요
선방禪房의 좌복에 반가부좌로 앉아
나의 그림자 하나하나 걷어내 보네요

같지 않지만 차이 없는 나
같은 유전자로 같은 삶을 살지요
아침이 오면 천사인 나를 만나러 갑니다
때로는 나의 명성 무단으로 퍼 가
축복 받는 나를 지켜보면서
나는 그저 빙그레 웃기만 하네요

다르지 않지만 같지 않은 나
다른 유전자로 다른 삶을 살지요
밤 되면 채워지지 않는 욕망 좇아
악마인 나를 만나러 갑니다
고개를 자꾸만 갸우뚱하는 나,
나를 대뜸 편지함 휴지통에 버리네요

나와 나는 공명조共命鳥*
모든 건 나 맘먹기에 달렸어
이름 석 자 방명록에 남기고 돌아가지만
여태껏 큰소리로 불러 본 적 없는 나
어느 별에 사는지 한번 속삭여 보네요

* 불교경전 『아미타경』에 나오는 머리 둘 달린 새.

전봇대 점원
― 전봇대 43

상도동에서 흑석동 넘어오는 이차선 도로
아침 출근길의 허기를 지키고 섰다가
운전사들한테 김밥 파는 진주댁,
오후에는 재래시장에서 채소장사를 한다

시장통 코딱지만한 채소가게
가게 앞 전봇대 주변에 채소가 수북하다
혼자 사남매 건사하는 앙센 진주댁,
어디에 꽂아놓아도 잘 자라는 버드나무 같다고
다들 혀를 내 두른다

그녀는 여름내 일손을 구하지 못해서
전봇대 믿고 종종 자리 비우곤 한다
하기사 그때가 언제일지 기약 못해도
그는 군말 없이 가게를 봐주고 있다

비록 관절이 없어 거동할 수 없지만
가격표와 돈통과 검정 비닐봉지 다리에 차고
품바로 변신한 키다리 전봇대
손님들은 채소를 봉지에 손수 담고서

값을 치르고 거스름돈 챙겨간다

오늘처럼 소소리바람이 불어오면
유난히 등이 시려지는 진주댁에게
넌지시 등받이 돼주는 바람벽 전봇대,
저뭇해지면 등불 켜들고 어둠을 다듬어준다

耳順의 골목길
― 전봇대 18

예전 이문동 막다른 골목길
대문 앞에 연탄재 쌓인 어느 슬레이트집에
아비는 밤에 리어카로 이삿짐 옮겨간 적 있다

골목길은 도시의 갱도
세상은 밤낮을 야무지게 인수인계하지만
언제나 막장에서 탄을 캐듯 골목에 박힌 한 줄기 빛을 캤
던 골목길 사람들,
연탄불 꺼지면 옆집에 불 빌리러 다니다가
물 빠진 청바지 같은 조각하늘을 쳐다보곤 했다

골목길은 도시의 실핏줄
배급이 가장 늦어지던 골목에는
두부장수의 구수한 종소리와 젓갈장수의 짭조름한 목소
리가 먼저 찾아들었고,
연막소독차의 요란한 소리에 뛰쳐나가면
밥 묵고 나가라! 는 어미의 볼멘소리가 마악 뒤따랐다

골목길은 도시의 풀뿌리길
다들 저녁을 서둘러 설거지해버리고

나팔꽃이 휘감고 올라간 나무전봇대 외등 밑에서
　귀 쫑긋 라디오 연속극 들으면서 귀로 세상을 읽었던 골
목길 사람들,
　무거운 새벽이슬을 차며 큰길로 세상으로 나아갔다

　골목길은 도시의 팔자주름
　허구한 날 을지로 인쇄소 골목에서
　십육절 전단을 찍어주었던 종신형 울 아비
　기분 좋은 밤이면 붕어빵 사들고 옛 노래 흥얼거리며 골
목길 접어들다가,
　전봇대에 기대어 붕어빵 삼남매 소리쳐 불러보시곤 했다

　젯날, 이순의 골목길 걸으면
　아비 목소리가 맥놀이치며
　누런 두루마리 휴지처럼 자꾸만 따라나온다

저문 강변 불빛기둥
— 전봇대 10

저물녘
강둑에 앉아 바라보는 강물에
전봇대의 불빛기둥 하나둘 세워지고 있다

강물은 지금 세상을 읽고 있다
지난여름 불꽃놀이 구경했던 강가에서
왜 눈물의 어깨 들썩이는지
강물은 슬픔의 배후를 알고 있다

이별의 언약은 그리움의 깃발이 되겠지만
눈물의 등짝 토닥여주는
강물의 손길이 희끗희끗 보인다

눈물이 웃음보다 위대함을
뼛속까지 울어본 사람만 안다
웃음이 죄다 걷어낼 수 없는 슬픔 있어
눈물은 자꾸만 바닥으로 흘러가는 것이다

강물은 한 방울의 눈물도 그냥 버리지 않는다
강가에 널브러진 이별의 목록을 챙겨서

제 몸으로 말끔히 헹구고 헹구느라
그대의 잠 속에서도 자주 뒤척이는 것이다

저문 강변에 가보아라
사나흘 쉼 없이 쏟아진 작달비를
혼자 고스란히 받아냈던 전봇대의 불빛기둥
다시금 일어서고 있다

삶의 배경에서 지울 수 없는 것 있다
— 전봇대 57

집으로 가는 길
서민아파트 단지의 익숙한 풍경

전봇대는 갤러리
당신은 소문난 설치미술가
날마다 그로테스크 작품을 전시한다

전봇대 양손엔 전깃줄, 허리춤엔 통신선
미세한 몸짓도 놓치지 않는 배꼽의 감시카메라
정강이엔 허기진 광고전단의 질긴 각질
쿵쿵 냄새 맡으며 발목에 오줌 내갈기는 犬公
쓰레기봉투는 발등에 축하 꽃다발처럼 쌓이고

포토샵 프로그램을 익힌 대학생 아들이
컴퓨터로 아파트 단지 풍경을 손질하고 있다

눈엣가시 전봇대를 들배지기로 뽑아버리고
전깃줄, 통신선을 땅속에 파묻어버린 뒤
가로수 잎을 복사해 채워 넣어 덧칠하더니
선택구역을 흐릿하게 섞어주고 있다

세상 잡동사니가 신기루처럼 사라져버린
아파트 단지의 놀라운 변신

그렇다
누구든 삶의 배경에서 없애고픈 것 있다
하지만 아들은 깨달을 것이다
제아무리 존귀하거나 비천한 삶이어도
차마 지울 수 없는 전봇대와 전깃줄 있다는 것을

우측보행
— 전봇대 58

여름날 전봇대에 나붙은 포스터
녹색아주머니처럼 출퇴근길 이끌고 있다
사람은 우측보행
약속의 땅 찾아 걷던 좌측을 버리고 결국
대한민국은 우측으로 첫발 내딛는가
지금껏 좌측이 길을 끌고 다녔지만
우측이 안전한 바른 길인가
하긴 세상의 좌측 걸으면서도
우측 세상이 때때로 궁금하였지
그간 바쁘게 좌측보행 하느라
다 보지 못한 세상
이젠 편안히 볼 수 있는가
첫날 제 길 찾느라 다들 우왕좌왕하지만
좌측이 끌고 다녔던 나의 습관
좌측으로 쏠렸던 나의 시각
이젠 우측으로 고쳐 앉는가
가자미눈으로
꿈 찾아 사랑 찾아 열심히 걷다 보면
약속의 땅에 닿을 수 있는가

제4부

골프공 삽니다
— 전봇대 60

어느 날 골프장이 들어서자
마을의 젖줄인 지하수가 마르기 시작했습니다
골프장 잔디가 죄다 먹어치운 겁니다
사바나에서 쫓겨난 마사이족같이
땅과 물을 빼앗길 수 없잖아요
우리 촌사람은 머리띠에 현수막 내걸고 농성했어요
몇 달 지나자 마을에 수도가 놓였고
다들 수돗물을 돈 주고 사먹어야 했답니다

어디 그뿐인가요
하절기 골프장은 밤에도 골프를 칩니다
농작물도 밤에는 당연히 잠자야 하잖아요
그런데 골프장의 눈부신 조명 탓에
잠 못 잔 농작물이 제대로 생육될 리 있겠어요
소출이 뚝 떨어질 것은 뻔하잖아요
우리 촌놈은 떼로 몰려가 대책을 촉구했답니다

요즘은 마을에 우박이 툭툭 떨어집니다
땡볕에도 녹지 않는 애기 주먹만한 우박은
골프장에서 날아온 골프공이었어요

그제는 골프공이 전봇대 외등을 박살내자
참다못한 우리 촌뜨기는 길가 지랑풀처럼
다시 들고 일어났습니다
그들은 마을에 높다란 새그물을 쳐주면서
골프공 주워 갖다 주면
개당 25원에 산다는 안내문을 내걸었답니다

사실 예전엔 마을에 큰 경사 있으면
현수막이 전봇대에 떡하니 내걸렸습니다
지금은 현수막만 보면 가슴이 덜컥 내려앉아요
내일은 마을에 또 무슨 일이 일어날지
그 누구도 예상할 수 없답니다

숲에 가볼 일이다
— 전봇대 25

사는 일이 우울하다면 한번 가볼 일이다
숲의 정령이 빗소리의 어깨 감싸주는 그곳,
당신이 한눈판 사이 노란꽃 먼저 밀어 올린
산수유나무 그곳에 있다
마음결 환해지는 당신이 서 있다

사는 일이 초라하다면 한번 가볼 일이다
숲의 정령이 뱁새 부부에게 살림집 내준 그곳,
햇살의 갈기 한껏 세워 날마다 몸피 키우는
전봇대나무 낙엽송 그곳에 있다
마음결 푸르러지는 당신이 서있다

사는 일이 답답하다면 한번 가볼 일이다
숲의 정령이 다람쥐의 재롱 다 받아주는 그곳,
몸에 걸친 옷 훨훨 태워 소신공양하는
당단풍나무 그곳에 있다
마음결 아름다워지는 당신이 서 있다

사는 일이 고단하다면 한번 가볼 일이다
숲의 정령이 손 곱은 바람조차 내쫓지 않는 그곳,

옹이진 제 육신을 가만히 들여다보는
떡갈나무 그곳에 있다
마음결 단단해지는 당신이 서 있다

청계천 비둘기
— 전봇대 59

청계천에 새 물길 트였지만
곧은목지* 비둘기는 아직 번지가 없다

온몸 비틀어야 쳐다볼 수 있고
온몸 움직여야 쪼아 먹을 수 있는 곧은목지 비둘기

언제 퇴출될지 몰라 우울증에 걸린 전봇대처럼
온몸의 관절은 기름칠 못하여 삐걱거린다

봄날, 곧은목지 비둘기 청계광장에 내려앉자
광장시장 전깃줄에 줄지어 앉았던 청계천 비둘기 날아와
다함께 판을 벌인다
한바탕 신명의 굿판을 벌인다

굿판은 시간이 흐를수록 커져가고
그예 타오르는 수천 마리 청계천 비둘기의 촛불
깃발처럼 일어서는 비둘기의 혼불
헌옷을 벗는 숭고한 의식

누가 침을 뱉는가!

누가 물대포로 끄려는가!
누가 군홧발로 짓밟는가!

모전교 난간에 앉았다 쫓기듯
다리 밑으로 돌아온
곧은목지 비둘기
가슴을 나직이 쓸어주는 청계천 물소리에
오직 새벽을 기다릴 뿐이다

* 곧은목지 : 목이 부러져 붙어버린 목 병신.

연평도 성모님
— 전봇대 50

꽃게잡이 한창인 연평도에 적의 포탄이 떨어졌어요 쾅!
폭음에 혼비백산한 주민들이 맨발로 대피소로 기어들었지
만 불안감에 가슴이 터질 듯했어요 가옥들이 폭삭 주저앉
는 실제상황이 믿기지 않았어요 우박처럼 쏟아지는 파편
에 전봇대는 온몸을 떨며 그만 양손의 전깃줄 놓아버렸어
요 우리는 불타는 연평도를 그저 전쟁영화 보듯 텔레비전
으로 지켜보기만 했어요

날이 밝자 사상자들이 실려 나가고 한순간에 폐허가 된
연평도 주민들은 슬픔을 싸들고 황망히 선착장을 떠났어
요 꽃게잡이 뱃길 닫힌 눈물의 피난길 금 간 영혼들의 빛깔
은 저리 붉어 귀항하는 어부들을 반기던 얼굴바위 눈가에
도 피눈물이 맺혔어요

겨울바다에 웅크린 연평도 다들 썰물처럼 섬을 빠져나
갔지만 칠순의 아비는 배를 아니 탔어요, 소방대원 아들을
두고 혼자서 떠날 수 없다고 굴 캐던 어미는 섬에 남기로
했어요, 군부대서 일하는 아들 뒷바라지하려고 상처 입은
백구는 집 앞 전봇대 밑에서 할매 꿈을 꾸었어요

성당 앞마당에도 포탄 두 발이 터졌지만 성모님은 대피하지 않았어요 신자들을 먼저 떠나보낸 인자하신 성모님은 포연이 자욱한 성당 마당에서 기도의 두 손을 끝끝내 아니 풀었어요

의류수거함
― 전봇대 45

나는 동네 전봇대와 동거해요
몸이 철사로 묶여 있으나
생김새는 큼지막한 우체통 닮았어요

헌옷 있으면 주세요
유행 지났거나 그냥 버리기 아까웠던
그런 옷 있으면 주세요
당신의 자존심을 다시 한 번 살려볼게요

신발 있으면 갖고 오세요
명품 아니어도 뒤축이 조금 닳았어도
나에게 신지 못할 신발은 없어요
당신이 가보지 못한 길을 한번 가볼게요

가방도 좋아요
손때 묻은 짝퉁이면 어땠어요
집 나서면 항상 손이 허전했는데
알라딘의 램프라 여기고 들고 다닐래요

담요도 갖다 주세요

크지 않아도 상관없어요
한여름에도 시린 내 무르팍을 덮거나
담요 타고 하늘을 한번 날아볼래요

하지만 베개는 사양할래요
머리 파묻고 울었던 이별의 눈물자국
아무리 씻어도 지워지지 않으니
눈물 베개는 정말 저엉말 싫어요

명왕성
— 전봇대 24

태초의 낙원은 없다
밀려난 자 쫓겨난 자 빼앗긴 자의 본향
당신만 있을 뿐이다
어느 날 전봇대를 배지기로 뽑아버린
세상의 바닥에 당신이 태어났다
뽑혀나가지 않으려 필사적으로 버텼으나
속절없는 몸부림이었다
한눈팔면 택시도 입은 자도 빨려 들어가는 블랙홀
한번 떨어지면 빠져나오기 힘든 와굴
볕뉘 잠시 기웃거리는 낙엽의 나라
불시착한 유민들이 꾸역꾸역 모여들고 있다
낙엽은 발이 없으므로 무릎을 껴안고 구르지
방향 없이 이리저리 구르다보면
마침내 닿는 행성의 구석나라
탱크처럼 진격할수록 유민은 늘어나고
마천루처럼 치솟을수록 기압골은 깊어지고
추위와 허기에게서 쫓겨나온
당신의 백성은 세상을 향해 몸부림쳐보지만
바람 빠진 풍선처럼 망연자실하다
낙엽끼리도 등 돌리며 살아가는 잊혀진 나라

전봇대 정수리에 걸린 푸른 달빛이 떨리고
당신의 들숨에 쇄골 드러난 낙엽들이 헐떡이며
전봇대 외등 밑으로 기어온다
광야의 엑소더스가
언제 시작될지 아무도 알 수 없지만

거인의 들판
― 전봇대 27

어느새 한해의 끝자락
하늘과 땅이 맞닿은 거인의 빈 들을 보라
다 내려놓은 모습이 참으로 경건하지 않는가

추수의 때를 믿고 기다리며
봄부터 허리 굽혀 이마에 땀 흘렸던
새마을모자 눌러쓴 아비의 모습이 저러하다

천둥번개 비바람 눈보라가
시작도 끝도 없이 갈마들며 볶아쳐도
같이 드러눕다 같이 일어섰던 아비의 들판
하얀 전봇대 침鍼이 생눈 덮인 들길 따라
시선 닿는 곳마다 꽂혀 있다

엊그제는 들불로 뜸을 놓더니
오늘은 거인의 들판이 침 맞는 것인가
기력이 쇠한 온몸 혈자리에 꽂혀 있어
그의 얼굴은 평온하고 숨결은 잔잔하다
몰려오는 신열을 봉침이 내려주고
무릎에는 대침이 반듯이 꽂혔고

예리한 장침이 허리를 다스리고
제침은 기를 보해주고 있다

그렇게 겨우내 땅심을 키우면
얼음 박힌 흙살 헤치고
자리를 훌훌 털고 일어나겠다, 일흔두 번째 봄은
감감무소식 막내가 한 소식 보내오듯
황량한 들판에 다시금 불을 당기겠다

닭싸움
― 전봇대 15

결국 후라이드 치킨가게를 열었다
유행 따라 안 해본 것 없는 사내
길목에 통닭집 버티고 있었지마는
마음 독하게 외발서기를 결심한다

사내는 새벽 댓바람부터
동네 전봇대에 닭싸움 전단지를 붙인다
입소문 타고 불티나게 팔리도록
전봇대 정강이를 손으로 한번 툭 쳐주면서

통닭과 조각닭의 건곤일척
해 떨어지기 무섭게
구경꾼들이 속속 모여들기 시작하고
드디어 고소한 닭싸움이 벌어진다

오늘은 육질이 쫀득쫀득한 닭다리 차례
양손으로 한쪽 다리 꽉 부여잡고
상대를 무릎으로 있는 힘껏 찍어 눌렀으나
지난번 닭날개처럼 도로 나가떨어진다

닭싸움은 아직 끝나지 않았으나
사내의 가슴속엔 분노의 마그마가
튀김기름으로 부글부글 끓어오르고
통닭 냄새만 오토바이 타고 신나게 달린다

전사戰士의 구두
― 전봇대 16

어둑새벽
외등이 응고된 눈물방울같이 매달린 전봇대 밑에
그제는 메밥이 놓였는데
오늘은 유서 남기듯 가지런히 벗어 놓은
검정 구두 한 켤레
저리 밑창이 다 닳아버릴 정도로
어떤 生의 낙관을 마지막으로 찍었을까

모처럼 온 가족이 모인 늦저녁
현관에 널브러진 차종이 다른 다섯 대의 신발
어둔 신발장 옆에서 종일 기다렸을
아내의 뾰족한 구두코가
그날 운행한 신발들 찬찬히 점검하는데
길바닥이 물어뜯은 자국 선명한 검정 구두
아내가 맨발로 한번 신어본다
눅진한 온기가 입가의 미소처럼 남아 있는
전사의 구두
좀 더 길을 끌고 다닐 수 있다는 듯
단호한 의지를 보인다
누구 것일까, 작은 신발 한 짝이

전사의 허리에 포개져 있다
집에 오면 가장 먼저 꼬리 흔들며
마구 기어오르던 깜돌이처럼,
출장에서 돌아오는 아빠 부르면서
품에 덥석 안기던 딸내미처럼,
동네 목욕탕에서 때수건으로
아빠 등 빡빡 밀어주던 둘째처럼,
어린이날 놀이공원에서 아빠 목말 타고
하얀 솜사탕 먹던 막둥이처럼,
한쪽 다리를 남편 몸에 얹어놓아야
비로소 잠들던 아내처럼,

까마귀 숫대
— 전봇대 47

한겨울 충남 예산군 대흥면* 들녘
전봇대 전깃줄에 먹물처럼 내려앉은 까마귀 떼
새까맣게 울고 있다

아직 무엇이 남았다는 것인가
백로보다 흰 반포反哺의 언어로 울고 있다

늙은 아비어미 먼저 배 채우려고
까마귀는 논바닥을 분주하게 들락거리며
벼 이삭을 줍고 있다

옛날 옛적, 벼 베기 끝난 깜깜한 밤
아우 걱정에 형님 걱정에
의좋은 형제는 자신의 볏단을
상대편 낟가리에 몰래 옮겨놓았다
볏단 들고 서로 오갔으니
덜고 덜어도 낟가리는 줄어들 리 없었다

까마귀처럼 지극한 효성에 의좋은 형제
그 형제의 들녘은 벼 이삭이 지천이라

찬 서리 내린 논바닥에 다문다문 남아 있다

오늘밤에도
두 형제는 볏단 들고 저 들녘을 오갈 것이다

까마귀는 형제마을의 솟대가 되고
먼발치서 지켜보던 길손은 장승이 된다

* 대흥면은 '의좋은 형제' 이야기의 실제 무대.

하늘다람쥐
— 전봇대 54

아파트단지 공원은 성적표 받은 중고생들의 연못
학생들의 쇠도끼 한숨소리 엿들었는가요
공원 전봇대가 시침 뚝 떼고 번쩍번쩍 빛나는 금도끼 들
고 서 있어요
그것은 족집게 과외 전단이었습니다

대학입시철 다가오지만
수험생 아비는 아직 표준점수 백분위 뜻을 몰라요

어머니, 기억하시나요?
봄이면 민들레꽃 제비꽃 따먹으며
눈물로 젖을 만들던 하늘다람쥐
입이 까맣도록 뽕나무 오디 따먹는
어린 새끼 입에 물고 산 넘어 이사 가던
눈이 큰 하늘다람쥐

꿀밤나무 숲에 가을빛 내리면
나무 사이를 날아다니며
도토리 양식 장만하던 하늘다람쥐
새끼들이랑 세상 밖으로 날갯짓 하고팠던

꼬리 납작한 하늘다람쥐

간밤에 눈치는 채고 있었지만
하늘다람쥐 아내는 신령님의 금도끼 구하러
아들이랑 눈빨리 강남으로 날아갔습니다

청기 홍기 게임
― 전봇대 7

세상은 게임 천국입니다요
전봇대는 매일 청기青旗 홍기紅旗 게임을 하네요
나와 네가 서로 엇갈리는 교차로
운 좋으면 청기가 먼저 올라가지만
잠시 멈춰 기다려야 합니다요

보행자들이 일제히 깃발을 주시하여도
꿈의 방향은 똑같지 않을 거예요
전봇대 옆에서 오래 구두병원을 해서인지
구두만 봐도 당신의 꿈이 보이지요

하느님 가라사대, 청기 올리고 홍기 내려!
어서 횡단보도를 건너가세요
열심히 살다보면 좋은 날 생길 거예요

하느님 가라사대, 청기 내리고 홍기 올려!
잠시 횡단보도 앞에서 기다리세요
참고 살다 보면 알아줄 날 올 거예요

더러 무단 횡단하는 보행자가 보여도

전봇대는 게임을 멈추지 않습니다요

하느님 가라사대, 청기 올리지 말고 홍기 내려!
아차! 명령을 잘못 내렸습니다요
사람과 차가 뒤엉켜 아수라장이 됩니다요
하느님의 컴퓨터 시스템에 오류가 발생한 거지요
하느님도 이따금 실수하실 때 있잖아요

때문에 보행자의 황기黃旗가 필요한 거예요
황기는 반걸음의 철학이지요
보행자로 세상 건너가는 당신
반걸음 먼저 내딛고 반걸음 더 참아보세요

지금 당신의 보행 신호등은 무슨 색깔인가요?
세상이 온통 홍기 아니면 청기로 보일 거예요
이제 마음속에 달아놓으세요
작은 황기 하나

피맛골 연가
― 전봇대 11

옛날 옛적,
양반 만나면 상투머리 조아렸던 고조부
종로통 행차하는 고관대작의 말을 피해 피맛골로 다니
며 짚신 자국 선명히 남겼다

내 어릴 적,
나뭇짐 한 바리 새벽 장에 내다판 할배
청진옥에서 막걸리로 목 추기고 뚝배기 해장국으로 쓰
린 속을 풀었다

여우 꼬리만한 서울의 봄,
대자보를 몰래 전봇대에 붙였던 우리는
종로통에서 돌멩이 던지다 함흥집으로 숨어들어 석쇠에
엎드린 고등어처럼 눈물 콧물 쏟아냈다

피맛골 헐리던 날,
우리는 폐허 속 청일집과 열차집 찾아가 녹슨 철제 의자
에 앉아 대폿잔 돌리며
그 수상한 겨울을 마구 망치질했다

백화점에 간 루돌프
― 전봇대 41

전봇대 전단지가 루돌프를 찾고 있으나
눈의 행방은 묘연하다

사슴뿔 닮은 배롱나무가지만 화단에 꽂혔고
루돌프는 또 어디 나돌아 다니나
요즘 눈 내리지 않아서
산타는 썰매 대신 말을 탄다는데……

그해 성탄절은 행복하였어
루돌프는 하룻밤에 지구 한 바퀴를 돌았지
아이들 선물을 썰매에 한가득 싣고 동화마을 찾아서 눈
길을 신나게 달렸고,
산타는 굴뚝 들락거리느라 오지게 몸살 났었지

밤하늘 동방박사의 별은 보이지 않고
흥겨운 캐롤송이 흘러나오는 백화점 로비에
눈부신 조명에 넋 나간 박제
딸기코 루돌프
빨간 양말이 그의 뿔에 전설처럼 주렁주렁 열렸다

그들도 한때는
— 전봇대 53

이슥한 밤 후암동 종점
버스가 끌고 온 겨울바람 휘돌아 내리면
전봇대 밑에선 과일 떨이가 시작된다

몇몇은 온몸 멍 자국에 터져버린 입술
몇몇은 이빨 부딪는 노란 신음소리
다들 핏발선 눈으로 손을 허우적거리고 있다
줄 잘 선 놈들은 보란 듯이 떠나가고
잡을 끈 없는 너희들만 떨이 신세구나

그들도 고향에선 한가락했는데
몸뚱이 하난 끝내줬는데 어깨 힘주고 살았는데
진짜 나답게 살고 싶었으리라

되돌아가 감귤봉지 가슴에 품고서
자국눈 내린 언덕길 오르다 내려다보면
별똥별 떨어지는 서쪽 하늘가로
연줄 끊어진 가오리연이 나뭇가지에 찢겨 파닥이고
난 오려낼 수 없는 세상풍경을 오려내기만 했다

직박구리
— 전봇대 56

텅 빈 하늘 빈 가지
눈 크림 없는 붉은 대봉시 하나
먹성 좋은 까치가 절반이나 남겨놓았어
지금은 내 아침잠 깨우곤 하던
저 떠버리가 마구 파먹고 있네
하긴 훔쳐 먹는 까치밥이 맛은 있을 거야
지난번 백운산자락 백학동 감마을에서
저런 대봉시 실컷 따먹었다만
변비에 걸려 애먹었다네
새는 원래 배를 채우지 않는다지
구만리장천을 날려면 뼛속까지 비운다지
어떻게 내 마음 눈치챘을까
허겁지겁 쪼아 먹던 녀석이
네댓 발짝 떨어진 전깃줄에 옮겨 앉아
홍시 묻은 부리를 슥슥 닦더니
전봇대 옆에서 고개 꺾어 구경하던
내 얼굴에 똥을 찍 싸고 날아가네

불빛기둥, 삶과 세상을 밝히는 코드

이 형 권

(문학평론가 · 충남대 교수)

그는 '을'의 시인이다. 시집『나는 을乙이다』(2008)에서 '을'
은 세상의 주류인 '갑甲'에 복속된 가난하고 소외된 존재임에
도 불구하고 희망을 잃지 않고 살아가는 순수하고 건강한
타자이다. 자본주의 세상에서 사람살이의 모든 것들은 계약
에 의해 이루어지며, 그 주체인 갑은 객체인 을을 종속적인
대상으로 취급하는 것이 일반적이다. 갑의 부류 사람들은
자본과 권력의 지배자로서 풍요롭게 살아가며, 을의 부류
사람들은 세상의 모든 것에서 소외된 채 결핍된 삶을 살아
간다. 갑과 을의 관계는 계급주의의 관점에서 보면 자본가

와 노동자 혹은 부자와 빈자의 관계로 바꾸어 볼 수도 있다. 그러나 김장호 시인의 시에는 계급주의의 관점이 명시적으로 드러나지 않기 때문에, 을은 대개 현대사회를 살아가는 세상의 비주류 인생이나 일반 민중을 표상한다고 볼 수 있다. 중요한 것은 을이 헤겔적 의미의 '주인과 노예'의 변증법을 지향한다는 점이다. 을은 현재는 비록 '노예'의 처지에 놓여 있지만 멀지 않은 미래에는 '주인'의 역할을 할 수 있다는 자신감을 간직하고 살아가는 것이다. 이 시집의 "오늘은 내가 乙이지만/ 내일은 내가 甲이다"(「나는 甲이다─전봇대 4」)라는 진술은, 앞의 시집에서 보여주었던 을의 시학을 긍정적, 발전적으로 계승하고 있는 셈이다.

을이 갑과의 종속적 관계를 변화시키고자 하는 의지는 스스로의 삶에 대한 정직한 인식과 성찰을 통해서 발현된다. 이 시집은 그러한 을의 삶이 보여주는 다양한 모습을 '전봇대'라는 상징물을 중심으로 형상화하고 있다. 우리 시대에 전봇대는 과연 무엇인가? 근대 초기에 '전봇대'는 문명적 생활의 표상이었다. 등잔불로 어둔 밤을 간간이 밝히던 시절에 마을 입구에 전봇대가 세워지면 온 동네 사람들은 들뜬 마음으로 전깃불을 기다렸다. 송찬호 시인이 "그해 여름 드디어 장독대 옆 백일홍에도 전기가 들어왔다/ 이제 꽃이 바람에 꺾이거나 시들거나 하는 걱정은 겨우 덜게 되었다/ 궂은 날에도 꽃대궁에 스위치를 달아 백일홍을 껐다 켰다 할 수 있게 되었다"(「옛날 옛적 우리 고향 마을에 전기가 처음 들어올 무렵」)라고 노래했듯이, 근대 초기의 전깃불은 자연과 이질적

이지 않은 아름답고 애틋한 서정의 대상이었다. 이 애틋함을 더 넓게 밀고 나아간 곳에 김장호 시인의 전봇대가 자리를 잡는다. 그의 시에서 전봇대는 세상의 곳곳에 편재하는 삶의 동반자이자 마음의 안식처이다.

시인에게 가장 중요한 삶의 동반자는 시이다. 시를 가벼운 여기餘技로 여기지 않는 한, 시를 진정한 삶의 에너지로 삼는 한, 시인에게 시는 비루하고 삭막한 세상을 끝내 살아갈 수 있게 하는 힘이다. 이 시집을 펼치자마자 등장하는 「시집의 무게」는 김장호 시인의 시적 자의식이 적실하게 드러나는 작품이다.

　　전봇대 서 있는 길모퉁이 거기 가면
　　신문이란 신문은 똑같다

　　조간신문이나 석간신문, 중앙지나 지방지, 경제지나 스포츠지, 일간지나 주간지, 유가지나 무가지, 재벌신문이나 독립신문, 보수신문이나 진보신문, 계근대에 올라간 신문은 모두 같은 값을 쳐준다

　　고물상 주인은
　　독자도 없는 시집을 한번 훑어보더니
　　신문보다 값을 쬐끔 더 쳐줬다
　　세상의 통점을 보듬는 시라고
　　고개 숙이지 않고 무릎 꿇지 않는 시라고

시인의 피와 살이 담긴 종이라고
　　　　　　─「시집의 무게─전봇대 1」 전문

　이 시에서 공간적 배경으로 등장하는 "전봇대 서 있는 길 모퉁이"는 일상적 삶의 처소를 상징한다. 그곳은 "전봇대"가 서 있는 것으로 보아 거대한 빌딩숲이 모여 있는 도심 한복판은 아닌 것으로 보인다. 한적한 도시의 변두리쯤 될 것으로 추정되는 그곳의 장소성은 이 땅의 어느 곳에나 편재하는 보통 사람들의 삶의 공간으로써 의미가 있다. 더구나 "길 모퉁이"라는 장소는 사람들의 왕래가 빈번하고 다른 공간과의 소통을 매개하는 장소이다. 이 시의 정황에 의하면 그곳은 동네 사람들이 각종의 폐휴지를 모아 거래하는 장소이다. 그곳에 모이는 폐휴지의 대부분은 신문지들이 차지하지만 간혹 시집도 등장한다. 화자가 주목하는 것은 "신문이란 신문은 똑같다"는 사실과 비해 "시집"은 조금 다르다는 사실이다. 폐휴지를 모으는 "고물상 주인"이 "세상의 통점을 보듬는 시", "고개 숙이지 않고 무릎 꿇지 않는 시"가 담겨 있기에 "신문보다 값을 쬐끔 더 쳐줬다"고 한다. 이 정황과 진술이 얼마나 현실감을 담보하는지는 모르지만, 이 시구가 시에 대한 화자의 생각을 잘 드러내고 있는 것은 분명하다. "고물상 주인"을 통해 화자가 생각하는 "시"는 인간으로서의 정신적 자존심을 지켜내는 것이며, "시"의 이런 속성은 "신문"이 지니는 현실추수적인 속성과 대비되는 것이라 할 수 있다. 그러한 "시인의 피와 살이 담긴" 시집은 폐휴지가 되

123

어서도 당연히 "신문"보다 높은 가치를 지닌다는 것이다. 하여 이 시집의 시들은 속악한 현실 너머 순수하고 이상적인 세계를 지향하는 순수파 시인이 보여주는 영혼의 기록이다. 표제인 '전봇대'는 그러한 세계를 다양하게 상징한다.

전봇대는 먼저 현대문명의 상징물로 등장한다. 그런데 이 시집에서 문명은 인간 소외와 불안을 동반하는 비정한 것이라기보다는 인간의 삶을 고양시켜 주는 긍정적인 것으로 형상화된다. '전봇대'는 보통의 시인들에게서처럼 도심의 빌딩이나 자동차, 비행기, 컴퓨터 등속과 같이 편리함을 내세워 자연을 파괴하는 존재가 아니라 인간과 함께 공존하며 생활을 고양시켜 주는 자연의 일부로 간주된다.

물론 전봇대와 등나무는 갈등이 없었다네 전봇대는 원래 속을 비우고 살잖아 기꺼이 등나무와 동거하기로 맘먹었어 한 뼘 크기의 전봇대 속길을 통해 등나무는 세상을 내다볼 수 있었어 마침내 인간들이 눈치 못 챌 안전한 출구를 찾아낸기라 눈앞이 깜깜하고 한없이 두렵기도 했지만 이따금 햇빛이 찾아들고 빗물이 스며들고 별빛이 내려왔지 등나무는 덩굴손을 뻗어 전봇대의 동그란 안벽을 타고 스파이더맨처럼 올라가기 시작했어 팔다리의 살점이 떨어지고 뼈마디 부서지는 고통을 누가 알겠니 하지만 등나무 뿌리는 펌프질을 멈추지 않았어 그럼, 지금도 전봇대 안벽에 등나무 덩굴손의 푸른 핏자국이 화인처럼 남아 있는기라

어느 봄날, 마을에 기적 같은 일이 일어났다네 전봇대 머
리에 푸른 나뭇잎이 돋아난 것이야 마치 전봇대가 마술을
부리는 듯했어 등나무가 칠 미터 높이의 아득한 전봇대 속
길을 기어올라 그예 허공에 손을 뻗었던 거야 사람들은 저
마다 감탄사를 쏟아내기에 바빴어 지금도 봄 되면 등나무는
서로 부둥켜안고 향기 은은한 자색 꽃에 무성한 잎을 활짝
펼친다네 완강한 겨울과 맞섰던 등나무는 뿌리의 힘을 증언
하고 있는 것이지 전봇대 꽃병에 뿌리내린 등나무를 마을
사람들은 전봇대나무라 이름 지었는기라

　　　　　　　　　—「전봇대나무—전봇대 9」부분

'전봇대와 등나무'는 하나는 인공물이고 다른 하나는 자연
물이지만, 이 시에서는 둘 사이에 이질감을 찾아보기 어렵
다. '등나무'가 '전봇대 속'을 타고 오르는 상황을 모티프로
삼은 이 시에서 둘은 동반자적인 관계로 상상된다. 전봇대
는 '등나무가 의지할 기둥'으로서 넝쿨식물로서의 등나무가
성장해가는 데 많은 도움을 주는 존재이다. 사실 인간의 입
장에서 '등나무'는 다른 초목의 성장을 방해하고 건물을 위
태롭게 하는 성가신 존재이기에 눈에 띄는 대로 제거해야
할 대상이다. 이런 위험 속에서 살아가야 하는 '등나무'에게
'전봇대 속길'은 "인간들이 눈치 못 챌 안전한 출구"이다. 이
'출구'에도 불구하고 '등나무'는 '인간'의 눈을 피해 생존을 유
지해야 하기에 "전봇대 안벽에 등나무 덩굴손의 푸른 핏자
국"과 같은 상흔을 간직한 존재이다. 그러나 이 상흔으로 인

해 '전봇대'는 무생물에서 생명적 존재로의 탈바꿈을 하게 된다. 물질적 존재인 '전봇대'가 살아 있는 생명의 존재인 '전봇대나무'로 재탄생함으로써 '전봇대' 꼭대기에 "향기 은은한 자색 꽃에 무성한 잎을 활짝 펼친"것에서 "전봇대 꽃병"을 연상할 수 있는 것이다. 하여 이 시는 근대문명이라는 것이 때로는 인간과 자연과 어우러지는 존재가 될 수 있다는 독특한 문명관을 형상화한 것이다.

사람에게 마음의 안식을 주는 대표적인 것 가운데 하나는 유년기의 순수한 추억이다. 바슐라르가 '기억의 저장소'라고 명명했던 유년 시절은, 그것이 몽상의 에너지와 이미지의 옷을 입고 나타날 때 아름다운 한 편의 시가 된다. 이 시집에서 전봇대가 인간적 서정이 실종된 삭막한 현실에서 순수하고 애틋한 과거를 회상하는 매개로 등장하는 것도 그러한 유년 시절의 시적 메커니즘과 다르지 않다.

그 옛날 책보 허리춤에 차고
징검돌을 징검징검 디디며 건너서 둑방 전봇대에 머리박고 말타기하다가
냇가 미루나무 아래서 물수제비를 떴다
두 발 벌리고 있는 힘껏 둥글납작한 돌을 던지면
제비가 물 위를 스치듯
유년의 꿈이 담방담방 현풍천을 건너갔다

물안개는 시간의 냇물에 피어오르고

두루미걸음으로 징검다리 겅둥겅둥 건너면

남은 자에 대한 원망도 미움도 없이 서럽게 쫓겨난 네 생

각에 그만 첨벙, 물에 빠져버린

마르지 않는 추억이 먼저 건너온다

　　　　　　　　　－「물수제비뜨던 날─전봇대 5」 부분

　이 시에서 '전봇대'는 핵심 소재는 아니지만, 유년 시절의 추억을 회상하는 매개로서 기능한다. '둑방 전봇대'라는 표현으로 미루어 보건대 화자의 추억이 존재하는 장소는 시골의 작은 천변川邊인 듯하다. 화자는 친구들과 함께 그곳에서 어린 시절을 보내면서 많은 애틋한 추억을 만들었던 것으로 보인다. 바슐라르에 의하면 인간은 누구나 추억에 가치를 부여하면서 그 추억을 다시 살아냄으로써 삶의 에너지를 얻는다. 특히 특정한 장소에 대한 애정(토포필리아)은 추억의 핵심적 매개에 해당한다. 이 시에서 '둑방'이 바로 그러한 장소이고 그곳에 자리를 잡고 있는 '전봇대'는 그 장소에서의 추억을 불러일으키는 역할을 한다. 유년시절에 즐겼던 '머리박고 말타기'와 '물수제비'뜨기가 '전봇대'라는 매개를 통해 연상되고 있는 것이다. 그리고 두 번째 연을 보면 그러한 유년의 기억 속에 "서럽게 쫓겨난 네 생각"이 오버랩된다. 이때의 '너'가 누군지는 구체적으로 드러나지 않지만, 아마도 '너'는 화자의 유년기에 만났던 존재로서 고향 마을에 정착하지 못하고 떠도는 자의 표상이 아닌가 싶다. 그에 대한 기억은 소외된 자에 대한 관심이라는 차원에서 유년기 화자의

순수함과 상통한다. 그러니까 '전봇대'의 공간은 화자에게 유년의 순수함을 간직하고 있는 장소라고 할 수 있다. 그 기억이 "마르지 않는 추억"으로 남아 있다는 것은 화자의 현재적 삶도 순수한 아름다움을 지향한다고 볼 수 있게 한다.

한편, 전봇대는 하릴 없이 비루하기만 한 삶의 동반자로 등장하기도 한다. "전봇대의 광고 전단"을 보며 "오늘도 무사히 일수를 찍듯/ 당신의 수첩에 死印을 찍습니다"(「일수를 찍으며—전봇대 46」)라고 하듯이, '전봇대'는 죽음과도 같이 지독하게 가난한 사람들의 일상을 지배하는가 하면, "집 나서면 따라붙는 죽음의 그림자 인간이 가장 공포감을 느낀다는 십일 미터 높이의 고압선 전봇대 타고 오를 때 맞닥뜨리는 이만이천구백볼트의 운명 자칫 감전되면 육신이 까맣게 타들어가는 숙명이지"(「어느 전기 수리공의 비망록—전봇대 33」)에서처럼, '전봇대'는 한 노동자에게는 늘상 "죽음의 그림자"를 드리운 위험한 삶의 공간이 되기도 한다. 그래서 '전봇대'는 화풀이의 대상이 된다.

퇴근길에 날아든 해고통보 문자메시지
아, 꿈은 반대라던데
잘린 모가지를 딱히 둘 데 없어
지하철 선반 위에 고이 올려놓고 내렸다

모가지 당한 나는
형님 가게 개업식에 와서

모가지 잘리고도 빙그레 웃는 돼지머리 콧구멍에 만원 지
폐 돌돌 말아 찔러주고
  넙죽 세 번 큰절을 했다
  그리고 마치 무슨 큰 볼일이라도 있는 듯 먼저 빠져나와
  하릴 없이 뒷골목을 배회하다가
  전봇대 아랫도리를 발로 툭툭 걷어차기만 했다

  그때부터 나는
  전봇대만 보면 무조건 발길질하고픈 버릇이 생겼다
                        ―「이상한 버릇―전봇대 21」부분

  '해고통보'는 노동의 삶을 살아가는 사람에게 가장 혹독한
시련 가운데 하나이다. 화자는 해고된 자신을 '잘린 모가지'
라고 여기며 그것을 "지하철 선반 위에 고이 올려놓고 내렸
다"고 한다. 화자가 더욱 비참해 보이는 것은 "형님 가게 개
업식"에서 번창하기를 비는 '큰절'을 하고 "무슨 큰 볼일이라
도 있는 듯 먼저 빠져나"오는 장면 때문이다. 실업자가 된
사람으로서 별 볼일이 없음에도 불구하고 바쁜 척 "형님 가
게"에서 빠져나왔지만 결국은 "하릴 없이 뒷골목을 배회하"
고 마는 것이다. '뒷골목'은 화자의 처지를 적실하게 드러내
주는 공간인데, 그곳에 서 있는 '전봇대'는 원망의 대상으로
서 화자를 괴롭힌 사람이나 사회를 비유한다. 그래서 "전봇
대만 보면 무조건 발길질하고픈" 욕망이 솟구치는 것이다.
'전봇대'를 매개로 한 이러한 원망의 마음은 현실적인 것만

이 아니라, 가계의 오랜 연원과 시대적 아픔과도 연계되는 것이기에 더욱 절실하다. 즉 "내 어릴 적/ 나뭇짐 한 바리 새벽 장에 내다판 할배"의 가난한 가계와 "우리는/ 종로통에서 돌멩이 던지다 함흥집으로 숨어들어"(「피맛골 연가—전봇대 11」)야 했던 부정의 시대에 대한 반항의 의미도 내포한다.

전봇대는 또한 지나온 삶을 성찰하는 매개물이 되기도 한다. 데카르트에 의하면 성찰은 현실의 문제를 근원적으로 묻고 따지는 사유의 방식이자 고립된 주체 간의 소통의 길을 모색하는 철학의 근본 행위이다. 전봇대는 삶에 대한 부정적, 비판적 인식만을 매개하지 않는다. 전봇대는 비록 비루한 삶의 표상이거나 성찰적 인식의 대상이지만, 궁극적으로는 그러한 인식을 통해 얻어지는 삶의 긍정적 인식을 상징한다.

　　그날 오후 배낭을 메고 낯선 마을에 내렸다
　　광장 한가운데 전봇대가 당산목처럼 서 있는 두꺼운 책표지의 마을 풍경 속으로
　　반환점을 돈 마라톤 선수처럼 다시금 발걸음 옮겼다

　　안경 고쳐 쓰고 책장을 넘기다 보면 책갈피엔 낯선 풍경이 팔짱을 낀 채 쳐다보았고
　　수요일의 술집은 굳게 입 다물고 있었다
　　다양한 소품들이 차곡차곡 쌓여가는
　　전봇대 마을의 굳은 표정들

활자가 된 행인들은 마을의 행간을 만들며 지나갔다

한길 벗어나자 숨차게 따라붙는 갈림길
기억의 손가락이 길에 박힌 낯익은 낱말을 짚어가며 다가
올 문맥의 의미를 읽어냈다

천명을 앞세워 더러 차선위반에 앞지르기도 했으니
훗날 이 마을에는
밑줄 칠 만한 문장 한 줄쯤 남겨놓으리
양손에 전깃줄 부여잡은 전봇대가 나직이 어깨춤을 춘다
　　　　　　　　　　　　　—「知天命—전봇대 19」전문

　이 시는 '지천명'에 이른 삶을 성찰하기 위해 독특한 비유
를 구사한다. 시의 배경인 "광장 한가운데 전봇대가 당산목
처럼 서 있는 두꺼운 책표지의 마을 풍경"에 드러나듯이, 삶
의 공간인 '마을'을 '책'에 비유하면서 현실과 주체의 문제를
성찰한다. 성찰의 매개인 '마을'은 '책' 속에 존재하는 것이지
만 '책' 밖의 세계를 은유적으로 구성한다. 그 '마을'의 '골목
길'이나 '술집들'이 '굳은 표정들'로 존재한다는 것으로 보아,
화자가 살아온 삶의 터전은 삭막하고 신산스러웠다고 할 수
있다. 아마도 화자는 '책' 속의 그 '마을 풍경'을 자신이 살아
온 힘겨운 생애의 현실이라고 여기고 있는 듯하다. 그러나
"활자가 된 사람들은 마을의 행간을 만들며 지나"가는 데서
보듯이, 그러한 현실은 "행간을 만드"는 '활자'처럼 소통을

지향하는 '사람들'에 의해 긍정적 가치를 부여받는다. '활자'는 언어의 다른 이름일 터, 그것은 "낯익은 낱말"과 "다가올 문맥"을 동시에 지향한다는 점에서 과거와 미래를 아우르는 소통의 매개라 할 수 있다. 따라서 시의 결구에서 "훗날 이 마을에는/ 밑줄 칠 만한 문장 한 줄쯤 남겨놓으리"라는 다짐은, 화자가 '지천명'에 이른 자신의 삶을 성찰하면서 그러한 소통을 지향하려는 의지를 표현한 셈이다. 이때 "전봇대가 나직이 어깨춤을" 추는 모습은 화자의 삶에 대한 긍정적 인식이 반영된 것이다.

전봇대가 표상하는 또 다른 영역은 경건한 종교적 가치의 세계이다. 오늘날 사람들은 날이 갈수록 물질적 가치에 속박되어 종교적 영성의 세계를 상실해가고 있다. 시는 진지한 자기성찰과 인간정신의 고양을 지향한다는 차원에서 종교와 유사한 면이 있다. 이를테면 "노랗게 물든 은행나무길/ 전봇대가 참선수행 전단을 붙들고/ 제 옹이진 삶을 가만히 들여다보네요"(「나에게 나를 묻다─전봇대 28」)에서 '전봇대'는 자기 수행의 매개로 등장한다. 이러한 수행의 마음이 사회로 향했을 때는 복음을 전파하는 역할을 하게 된다.

　　　서민교회 앞에 길눈 밝은 복음 전봇대 서 있다

　　　그는 서민교회의 산타
　　　집집마다 골고루 불씨 나눠주면 교회도 환하게 불을 켰고, 꽝케이블선이 세상 소식을 재빨리 알려주면

목사님도 편지함을 열어보았다

그는 서민교회의 전도사
구원의 말씀을 수시로 쏟아낸다
그제는 부업 희소식, 어제는 수능 고득점 전략, 오늘은 개
인회생 지원책 전단들이 나붙었다

그는 서민교회의 파수꾼
한밤에도 잠들지 않고 깨어 있다
밤바다의 등댓불처럼 어둔 밤길 밝혀주면
헛군데 정신이 팔려 쏘다니던 마음들이 외등의 불빛 따라
회개하듯 돌아왔다

언젠가 쓸모 다하면 어디로 쫓겨나겠지만
오늘도 어깨에 전깃줄 짊어지고 예수처럼 서 있다
　　　　　　　　　　－「복음 전봇대－전봇대 48」 전문

　이 시에서 '전봇대'는 '서민교회'에 전기를 공급하여 '교회'
가 그 역할을 수행하는 데 도움을 주는 존재이다. 만일 교회
에 전기가 공급되지 않는다면 아무런 일도 할 수 없으니 '전
봇대'는 교회의 입장에서 아주 고마운 존재가 아닐 수 없다.
그러나 정작 더 고마운 것은 '전봇대'가 그런 물질적 차원을
넘어서기 때문이다. 전봇대는 '서민교회의 전도사'로서 전기
공급의 매개체로서만이 아니라 '부업 희소식', '수능 고득점

전략', '개인회생 지원책' 등이 내걸리는 공간이다. 동네 모퉁이에 존재하는 '전봇대'에는 사실 생활에 유용한 많은 정보들이 공시되곤 한다. 그것들은 동네 사람들에게 생활의 지혜뿐 아니라 때로는 기쁨과 희망을 주기도 한다. 또한 전봇대는 "서민교회의 파수꾼"으로서 그 '외등'은 '한밤' 중에 동네 사람들의 "어둔 밤길 밝혀주"는 역할을 하기도 한다. '전봇대'는 동네 사람들을 자욱한 안개나 어둠으로부터 보호해주는 구실을 하는 것이다. 따라서 시대의 변화에도 불구하고 '전봇대'가 "어깨에 전깃줄 짊어지고 예수처럼 서 있다"는 데서 '전봇대'는 물질적 차원과 함께 형이상학 가치를 동시에 지니는 것으로 간주된다. 특히 형이상학적 가치의 발견을 주목할 만한데, 그러한 인식은 "침묵은 금/ 오늘도 허리 곧추세우고/ 눈빛의 언어로 묵언수행하는/ 직립의 전봇대"(「묵언수행—전봇대 30」)에서도 흥미롭게 드러난다.

요컨대 이 시집에서 '전봇대'는 삶과 세상 혹은 마음과 현실 사이의 다양한 차원을 아우르며 시적 메타포를 획득하고 있다. 그것은 "별과 길과 밥"(「별과 길과 밥—전봇대 40」)으로 요약할 수 있는데, '별'은 현실 너머의 꿈의 세계를, '길'은 세계와 사람 사이의 소통을, '밥'은 현실 세계의 유용성을 표상하는 것으로 읽힌다. 전봇대는 최근 들어서 첨단 기술의 발달로 인해 그 현실적 유용성이 날이 갈수록 떨어지지만, 그렇다고 하여 그 상징적, 정신적 의미가 결코 사라지지는 않을 것이다. 도심의 변두리나 소도시, 한가한 농어촌의 한적한 곳에서 전봇대는 아직 애잔한 풍경으로 남아 서정의 불빛을

밝혀준다. 그 기억은 또한 시인의 시심 속에서 부단히 재생
산되면서 '오래된 새로움'을 생산하는 서정의 원천으로 남을
것이다. 아래의 시구에서처럼 어두운 세계를 비추는 '불빛기
둥'은 언제나 '다시금' 되살아날 것이다.

　　저문 강변에 가보아라

　　사나흘 쉼 없이 쏟아진 작달비를

　　혼자 고스란히 받아냈던 전봇대의 불빛기둥

　　다시금 일어서고 있다

　　　　―「저문 강변 불빛기둥―전봇대 10」 부분

| 김장호 |
시인, 자유기고가.
대구시 달성군 현풍 출생. 2005년 조정권 원구식 강성철 시인의 추천을 받아 『시를
사랑하는 사람들』로 등단. 종합광고대행사 (주)동양선전 이사, (주)진애드 상임고문,
(주)청맥커뮤니케이션 사장 등 역임. 현재 여러 매체에 명사들의 인터뷰 기사와 칼럼을
쓰고 있다. 시집 『나는 乙이다』, 산문집 『희망 한 다발 주세요』 등이 있다.

이메일 : jhkwin@hanmail.net

전봇대 ⓒ 김장호 2012

─────────────

초판 발행 · 2011년 9월 5일
4판 발행 · 2012년 1월 30일

지은이 · 김장호
펴낸이 · 이선희
펴낸곳 · 한국문연

서울 서대문구 북가좌동 324-1 동화빌라 202호
출판등록 1988년 3월 3일 제3-188호
대표전화 302-2717 | 팩스 · 6442-6053
디지털 현대시 www.koreapoem.co.kr
이메일 koreapoem@hanmail.net

ISBN 978-89-6104-083-9 03810

값 8,000원